Boris Stijelja

Die Verschwörung im Weinkeller

... der Kroate-Bu ermittelt erneut

Milltown Media Verlag

Boris Stijelja
Die Verschwörung im Weinkeller
... der Kroate-Bu ermittelt erneut

Bearbeitung & Lektorat: Stephan C. Braun

Umschlaggestaltung: Carsten Czanderna

Auflage 1 / 2024
Druck & Layout: Milltown Media Verlag
Remscheider Str. 43 • 42369 Wuppertal

www.milltown-media.de

Für alle meine Zuschauer

Und wieder mal Premierenfieber

Es gibt Nächte, in denen ich wirklich absurde und blödsinnige Dinge träume. Einmal hatte ich einen Traum, in dem ein Mann Cevapcici mit Computertechnologie ausstattete und ihnen vier Beine verlieh. Diese Cevapcici waren zudem mit einer speziellen Injektion präpariert. Der Mann schickte diese Hackfleischwürstchen auf Beinen nun mit einer Fernsteuerung zu bestimmten Menschen. Diese freuten sich, als die futuristischen Dinger bei ihnen ankamen und aßen sie dann gleich gierig. Die Folge der Injektion war, dass sie nichts anderes mehr essen wollten als Cevapcici. Das war ein Traum, bei dem selbst ich wach wurde und laut lachen musste.
Wahrscheinlich habe ich in meiner beruflichen Karriere viel zu viele verrückte Texte gelesen. Und viele drehen sich interessanterweise um das Thema Essen. Das liegt an meiner kroatischen Herkunft. Da wird jedes Problem mit Cevapcici gelöst. Das hat mich so geprägt, dass mein aktuelles Solo-Programm sogar „Die Cevapcici-Therapie" heißt.

Aber es gibt auch Träume, in denen ich ganze Kriminalfälle lösen muss. Diese habe ich immer vor Premieren in unserem Theater. Möglicherweise ist es der Stress eines Theaterleiters, der selbst auch Schauspieler und Comedian ist, vor diesen großen Ereignissen. Ich muss mich nicht nur um alles

kümmern und alle Probleme lösen, sondern kann auch alle Emotionen der Schauspieler sehr gut nachvollziehen. Ich bin mir ziemlich sicher, dass all diese Eindrücke dazu führen, dass ich in einer der Nächte vor einer Premiere alles zu einem Krimi verarbeite.

Wichtig ist noch zu sagen, dass die Personen in meinen Träumen weit entfernt sind von den wunderbaren Menschen, mit denen ich tagtäglich zu tun habe. Die Figuren sind alle völlig überzeichnet und haben mit meinem persönlichen und beruflichen Umfeld nichts zu tun. Das sage ich gleich vorweg, damit niemand enttäuscht ist, dass er nicht in den Kriminalfällen vorkommt. Sollte sich dennoch jemand wiedererkennen, dann möchte er es scheinbar so. Das steht natürlich jedem frei.

In diesem Sinne,
Euer Boris

1. Der Tag, bevor es wieder losgeht

Wenn ein Theater etwas nicht gebrauchen konnte, dann waren es Änderungen in letzter Minute. Wir standen im Theatersaal und überlegten, wie wir eine Szene retten konnten. Die Crew lag in den letzten Zügen für die Premiere eines Stücks, das ich eigentlich gar nicht aufführen lassen wollte. Schon allein der Titel war mir zu altmodisch: „Die Verschwörung im Weinkeller".

Aber meine Assistentin Bettina, von allen nur Bett Ina genannt, da sie so ihren Facebook-Account eingerichtet hatte, und mein Regisseur Kai-Jakob von Altenbach hatten mich überzeugt, es doch zu probieren. Schließlich müsste man auch mal ein bisschen was für „die Region und Land und Leute" tun, meinten beide.

Nun waren es noch ein paar Stunden bis zur Hauptprobe und ich ärgerte mich, dass niemandem vorher aufgefallen war, dass ein sogenannter Anschluss nicht passte. Schließlich hatte es genug Proben gegeben. Die Situation im Stück war so: Holger, der Hauptdarsteller des Stücks, und Jan, unser anderer Hauptdarsteller, waren nach einem Streit wütend von der Bühne abgegangen. Beide hatten Christine zurückgelassen. Laut Textbuch sollte diese nun mit der Ehefrau von Holger, gespielt von seiner tatsächlich echten Ehefrau Monika, einen Plan aushecken. Das Problem war nur, Monika kam in der

Szene überhaupt nicht vor.
Ich sah meinen Regisseur an und schüttelte den Kopf: „Sechs Darsteller, ein Techniker, eine Garderobiere und du. Niemand merkt, dass da was nicht stimmt. Wie konnte das passieren?"
Er zuckte mit den Schultern und sah aus wie ein Schuljunge, den man beim Kreideklauen erwischt hatte.
„Ich kann nichts dafür!", entschuldigte sich Christine in ihrer typischen Blondinen-Art. „Ich war so mit meiner Rolle beschäftigt, da konnte ich nicht auch noch auf die anderen achten."
„Schon gut, schon gut! Dir macht auch niemand einen Vorwurf", beruhigte ich sie. Ratlos sah ich die restlichen Darsteller an.
„Vielleicht kann ich ja auf dem Handy angerufen werden", schlug Christine vor.
„Das Stück spielt in den Siebzigern. Da hatte man noch keine Handys!", bemerkte Kai-Jakob kopfschüttelnd.
„Vielleicht könnte ein berittener Bote einen Brief bringen", überlegte Jan ironisch. „Oder eine Brieftaube könnte geflogen kommen", fügte er noch als Idee an.
Stumm warf ich ihm einen tadelnden Blick zu.
„So kommen wir nicht weiter!", schimpfte Holger. „Morgen ist Generalprobe und wir feilen hier noch an dem blöden Text."
Ratlos schwiegen wir alle wieder, bis Christine auf die Idee kam, einfach den Autor anzurufen und zu fragen, wie man das Problem lösen könnte. Monika klatschte in die Hände und

hielt es ebenfalls für die perfekte Lösung. Ich enttäuschte die beiden Damen damit, dass der Autor bereits über zwanzig Jahre tot sei und man ihn daher nicht mehr befragen könne. Wieder waren alle ratlos.

„Boris! Komm mal bitte dringend!“, hörte ich die Stimme meiner Assistentin, die am Eingang zum Theatersaal stand. Normalerweise hätte ich in so einer Situation gefragt, was es denn jetzt so Dringendes geben würde, das nicht noch ein wenig Zeit hätte. Aber da ich froh war, mich der Situation entziehen zu können, ging ich zu Bett Ina, folgte ihr in mein Büro und ließ die Truppe zurück.
„Was gibt es denn?“, fragte ich neugierig.
Bett Ina öffnete die Bürotür und ich sah Clemens an meinem Schreibtisch stehen, der gerade den Deckel meiner Unterschriftenmappe in der Hand hielt.
„Na?“, begrüßte ich ihn, „Steht was Interessantes in meiner Post?“
Clemens ließ den Deckel los, seufzte tief und ließ sich in meinen Schreibtischstuhl fallen. „Ich kann nicht mehr auftreten!“, sagte er in seinem üblichen, theatralischen Ton.
Ich grinste Bett Ina an. Sie grinste zurück.
„Och, das tut uns aber sehr, sehr leid!“, bedauerte ich ihn. „Das ist ja furchtbar.“
„Ich kann nicht mehr auftreten ...“, wiederholte er, „... wenn dieser Regisseur hier weiterhin das Sagen hat!“,

vervollständigte er seinen Satz.
Wortlos sah ich wieder zu Bett Ina, die die Augen verdrehte.
„Aber!!“, fuhr Clemens fort, „Ich freue mich sehr, dass du es bedauern würdest, wenn ich meine Leseabende hier beenden müsste.“
Ich biss mir auf die Zunge. Clemens saß da auf meinem Stuhl, wie ein alternder Künstler, der es nicht verstehen konnte, dass die großen Geister der Welt nach und nach verblassten. Genauso blass war er nun selber. Er wirkte müde und erschöpft. Ich fragte ihn, was es denn jetzt schon wieder für einen Streit zwischen ihm und Kai-Jakob gegeben hätte.
Er hatte sich häufig mit unserem Regisseur in den Haaren, da dieser bei uns auch ein wenig die künstlerische Leitung für alle Produktionen übernahm.
„Ach! Er lässt mich einfach nirgendwo meine Werke lesen!“, jammerte Clemens.
„Du hast eigene Werke?“, spottete Bett Ina.
„Doch nicht ich! Die Werke der großen Meister. Warum kann ich nicht auch mal bei einer deiner Shows dabei sein?“
„Für welche Shows siehst du dich denn geeignet?“, wollte ich wissen.
„Ist doch egal für welche!“, antwortete er.
„Na gut!“, zuckte ich mit den Schultern. Sein Gesicht erhellte sich. „Dann lade ich dich herzlich ein, Gedichte von Heinrich Heine bei ‚Wattenheim lacht zur Fasenacht‘ vorzutragen!“.
Clemens warf theatralisch die Arme in die Luft: „Ach, du! Was

soll denn das?“. Er war genervt von meiner Ironie. Aber dann stutzte er einen Moment. Er überlegte und hatte eine Idee: „Vielleicht Klopstock!“.
Bett Ina und ich sahen uns an und grinsten.
„Klop wer?“, fragte sie.
„Klopstock. Ein toller Dichter. Er hat so wunderbare Sachen über den Himmel geschrieben. Die könnten heute durchaus komisch wirken. Vielleicht lasse ich ein oder zwei Sachen ins Pfälzische übersetzen.“
„Vergiss es!“, beendete ich die Diskussion. „Es bleibt bei deinen üblichen Abenden hier im Theater.“
Ich verließ mein Büro und ging in Richtung Theaterausgang. Ich hörte noch Clemens im Weggehen sagen: „Wo isser denn jetzt hin?“ und Bett Ina, die ihm antwortete: „Er hat einen Termin!“.

Ich musste tatsächlich weg. Mittags hatte ich einen Termin in Haßloch. Auch wenn die Strecke von Deidesheim aus relativ kurz ist, wollte ich doch frühzeitig dort sein. Zumal ich auch ein wenig Hunger hatte. In Haßloch gibt es für mich eine der besten Metzgereien. Ein familiengeführtes, kleines Unternehmen, das die beste Leberwurst macht. Und auf so einen schönen, leckeren Leberwurstweck hatte ich jetzt Hunger.

Auf dem Rathausplatz saß ich nun auf einem der fest

installierten Picknickbänke und aß mein Brötchen. Die Sonne war für diesen Herbsttag noch kräftig und es hätte gut und gerne noch früh im September sein können. Jedoch war es Anfang Oktober und alle Zeichen standen bei uns im Theater auf Weihnachten und Jahreswechsel. In dieser Jahreszeit muss ich immer selber aufpassen, dass vor lauter Endjahresfreude der Herbst für das Publikum nicht vernachlässigt wird. Der Herbst gehört nämlich mit zu den besten Zeiten mit den höchsten Besucherzahlen.

Und darum war ich nun auch in Haßloch. Ich wollte einen Winzer besuchen, um ein paar Flaschen Wein zu kaufen. Sie sollten ein Geschenk für einen befreundeten Autor sein, der eine besondere Sorte Wein mag, die er aber bei sich zu Hause nicht bekommen kann. Und da ich ohnehin ein paar Weine mit dem Winzer besprechen wollte, war das eine gute Gelegenheit.

Die Uhr der Kirche am Rathausplatz schlug dreizehn und ich musste lachen. Hoffentlich war das kein schlechtes Omen. Ich ging zu meinem Auto und fuhr zum Weingut. Als ich mit meinem Auto in den Hof fuhr, kam mir Herrmann-Arthur Nüssler, der Chef, persönlich entgegen. In der Hand hatte er eine Flasche Wein und in der anderen zwei Verkostungsgläser. Er kam auf mein Auto zu und wartete ungeduldig, bis ich den Motor abgestellt und die Autotür geöffnet hatte.

„Boris! Da bist du ja!“, rief er aufgeregt. „Hier! Den musst du probieren! Ein Weißburgunder!“

Er zog mit den Zähnen den Korken aus der Flasche und schenkte die Gläser gekonnt randvoll ein.
„Ich kann so früh noch keinen Alkohol trinken!“, wehrte ich dankend ab.
„Ach, was!“, sagte er, „Wein geht immer!“
Er reichte mir ein Glas, prostete mir zu und trank den Wein, ehe ich auch nur mein Glas an den Mund führen konnte, in einem Zug aus.
„Ahhh....!“, sagte er zufrieden. „Das ist ein Wein! Wie schmeckt er dir?“
„Ich habe noch nicht mal einen Tropfen davon getrunken. Ich weiß es noch nicht!“, scherzte ich und probierte den Wein. Ich musste gestehen, er schmeckte großartig. Ein sehr edler Tropfen, den er sicher nicht jedem anbot.
„Davon hatte ich noch ein paar Flaschen. Mein Sohn wollte, dass wir den zu den Leisböhler Weintagen mitnehmen. Aber ich bin doch nicht verrückt!“, winkte er ab.
„Warum nicht? Der ist ausnehmend gut und wäre bestimmt eine große Attraktion gewesen“, schmeichelte ich ihm.
„Da kommen so viele Menschen von überall her. Die trinken daheim Wein aus Pappkartons mit Zapfhähnchen dran und wollen hier das Beste vom Besten für 3 Euro das Glas. Denen gebe ich meinen guten Wein nicht.“
Ich lächelte und schüttelte mit dem Kopf. Dieser Mann war schon besonders.
„Was ist denn gegen Wein aus dem Pappkarton auszusetzen?“,

fragte ich provozierend.
Herrmann-Arthur stemmte eine Hand in die Hüfte und drohte mir gespielt mit dem Finger: „Pass mal auf, mein Freund! Ich sage dir mal eins! Man zapft Bier! Aber keinen Wein!"
Ich lachte laut auf und bat ihn, in seine Weinstube zu gehen, damit wir zum geschäftlichen Teil übergehen konnten.

Die Weinstube war sehr gemütlich und gepflegt. Es gibt mittlerweile unzählige Weinstuben, die zunehmend „Vinothek" heißen und sich an junge, hippe Menschen richten. Eine Entwicklung, die ich einerseits verstehen kann, mich aber andererseits auch besorgt. Die Gemütlichkeit beim Weinabend muss für mich im Vordergrund stehen. Da möchte ich einen Weißburgunder oder auch eine Rieslingschorle und dazu einen Spundekäs oder einen schönen Handkäs. Wenn ich dann mit Freunden zusammen sein kann, dann ist das für mich Pfälzer Heimat. Da möchte ich keinen überkandidelten Öko-Bio-Wein und kein Petite-Parisienne-Brot mit Mango-Chutney.
Diese Vorliebe von mir hat sicher auch mit meiner kroatischen Heimat zu tun. Wenn ich mit meinen Eltern, meinem Bruder, seiner Frau und meinem Onkel Miloš vor dem Haus meiner Eltern sitze, ein Glas Malvazija in der Hand und vor mir auf dem kleinen Tisch eine Platte mit Schinken und Käse steht, dann kann ich mir nichts Schöneres vorstellen.

Mit Herrmann-Arthur besprach ich eine kleine Kabarett-Veranstaltung, die ich mir überlegt hatte. Immer wieder wurde ich von verschiedenen Zuschauern gefragt, ob wir auch mal einen richtigen Kabarett-Abend machen könnten. Einen, der ein bisschen mehr Anspruch hat und ein wenig gesellschaftskritischer sein könnte. Da es sich dabei um zahlungskräftige Zuschauer handelte, stellte ich mir einen Abend unter dem Titel „Feine Weine - Feine Texte!“ vor, bei dem drei Kabarettisten auftreten konnten. Meinen Autoren-Freund Heiko hatte ich gebeten, ein paar Moderationstexte für mich zu schreiben, damit ich als Moderator adäquat durch so einen Abend führen konnte. Auf Heiko war in solchen Fällen immer Verlass. Er gehört zu der Kategorie Autor, denen man nur eine Idee sagen musste und schon lag drei Tage später ein komplettes Theaterstück auf dem Tisch. Außerdem unterstützte er gern mein Theater und verzichtete oft auf ein Honorar, also schenkte ich ihm immer wieder gerne seinen Lieblingswein. Diesen wollte ich dann jetzt auch noch bei Herrmann-Arthur kaufen, nachdem er mir ein paar gute Flaschen für meine Veranstaltung zu einem sehr guten Preis angeboten hatte.
Als ich Herrmann-Arthur gerade erklären wollte, wer Heiko war, unterbrach er mich und schaute mich fast schon mystisch an: „Kein Wort weiter!“, sagte er, „Sag mir, wo dein Freund herkommt, und ich sage dir, welchen Wein er gerne trinkt!“
„Aus Düsseldorf“, antwortete ich.

„Düsseldorf???“, fragte er verwirrt zurück. „Düsseldorf??????“
Ich nickte.
„Ach, du Elend. Ist das auch so ein Snob?“
Ich schüttelte den Kopf. Man konnte Heiko alles nachsagen, aber ein Snob war er sicher nicht.
„Dann...“, überlegte Herrmann-Arthur, „dann... trinkt er Dornfelder. Die da oben wollen immer Dornfelder“ Er schien fast angewidert.
Ich schüttelte wieder mit dem Kopf: „Falsch! Kein Dornfelder!“
Er war überrascht: „Was denn dann?“
„Portugieser!“
„BÄH!!!“, schimpfte Herrmann-Arthur und sprang von seinem Stuhl auf. „Portugieser!!! Vorne Wein und hinten Wasser!!! Den kann man doch nicht verschenken!!!“
„Warum stellst du ihn dann her?“, fragte ich neugierig.
„Weil die Kunden ihn wollen. Leider!“
„Siehst du!“, lachte ich „Und ich bin auch ein Kunde!“

Herrmann-Arthur stand auf und holte mir ein paar Kisten Wein. „Portugieser!“, sagte er noch leise vor sich hin, während er ging.
An dieser Stelle ist es vielleicht wichtig zu wissen, dass bei Portugieser der Spaß bei den Pfälzern aufhört.
Mit meinem Wein im Auto fuhr ich zurück nach Deidesheim. Ich war guter Laune und musste immer noch lachen, als ich an die Verabschiedung dachte. Der Winzer packte nämlich

die Kisten mit dem guten Wein in den Kofferraum und hielt mir die Kiste mit dem Portugieser entgegen: „Ich könnt die grad kaputtschlagen!", schimpfte er und versuchte mich noch einmal zu überzeugen, ob ich nicht doch einen besseren Wein verschenken wollte. Wenn es sein müsste, auch einen Dornfelder.
Dankend lehnte ich ab und machte mich auf den Weg.

Unterwegs fiel mir ein, dass Heiko möglicherweise helfen könnte, einen gescheiten Übergang für die missglückte Stelle in unserem Theaterstück zu finden. Ich schickte ihm eine Sprachnachricht und schilderte ihm kurz die problematische Szene.
Kaum war ich im Theater angekommen, da bekam ich auch schon seine Antwort. Zunächst erklärte er mir, wie üblich, vier Minuten lang, dass sowieso alle Autoren unfähig seien, vernünftige Texte zu schreiben. Die meisten hätten überhaupt keine Ahnung, wie man handwerklich die verschiedenen Arten von Texten formulieren müsste, erst dann kam er mit der rettenden Idee.
Ich schickte ihm ein „Daumen hoch" zurück und ging in den Theatersaal, wo immer noch geprobt wurde.
Da es auch im Theaterleben eine Hierarchie und vor allem viele Empfindlichkeiten gibt, sprach ich zuerst mit Kai-Jakob als Regisseur und dann mit den Darstellern. Wir ließen am Ende der Szene also Monika aus einem bestimmten Grund zu

Christine eilen und so machte alles wieder Sinn. Mithilfe von Heikos Idee passte jetzt auch alles besser zu einer Szene im dritten Akt. Ich war sehr zufrieden und vor allem froh, dass am Abend die Hauptprobe stattfinden konnte.

Bett Ina packte gerade ihre Tasche, als ich ins Büro kam. Sie legte mir einige Telefonnotizen auf den Tisch und signalisierte mir gleich, dass das alles nicht wichtig sei und Zeit bis zum nächsten Tag hätte. Auf der obersten Notiz las ich: „Clemens zurückrufen. Sehr dringend!"
Sie hatte Recht! Das konnte wirklich bis morgen warten.
„Triffst du dich heute Abend mit David?", fragte sie, während sie wie immer ihren Autoschlüssel suchte. Bettina und Auto waren ohnehin ein Thema für sich.
„Nein, ich gehe heute früh ins Bett. Ich möchte morgen fit sein für die Generalprobe. Ich habe irgendwie Angst, dass das alles nicht einhundert Prozent klappt."
„Also, alles wie immer!", scherzte Bett Ina und spielte darauf an, dass ich vor jeder Premiere ein Nervenbündel bin.
„Alles wie immer!", bestätigte ich ihr und fuhr auch nach Hause.
Dass sie mit dieser Bemerkung tatsächlich Recht hatte, merkte ich, als ich gegen Mitternacht immer noch nicht eingeschlafen war. Meine Gedanken kreisten ununterbrochen um „Die Verschwörung im Weinkeller"
Wenn ich diese Nacht nur gut und entspannt hinter mich

bringen würde. Doch kaum war ich eingeschlafen, da, ging es auch schon wieder los.

2. Die Nacht, in der er Krimis träumt

Ich schlug die Augen auf und sah auf meinen Wecker. Angeblich sollte es bereits elf Uhr dreißig sein. Eigentlich gar nicht möglich, denn für gewöhnlich schlief ich niemals so lange. Ob vielleicht die Winterzeit wieder zurück war? Aber selbst wenn? Auch bis zehn Uhr dreißig schlief ich für gewöhnlich nie.
Zügig sprang ich aus dem Bett und flitzte in mein Badezimmer. Heute musste es dann mal eben schnell gehen. Ich hatte zwar „nur" einen harmlosen Vormittag im Büro geplant, aber dennoch wollte ich einiges schaffen. Angezogen und mit oberflächlicher Gesichtswäsche eilte ich zum Auto und fuhr nach Deidesheim. Alle Welt schien offensichtlich zu arbeiten, denn die Straßen waren erfreulich leer. Innerhalb von fünfzehn Minuten war ich von Freinsheim nach Deidesheim ins Theater gefahren. Wie auch immer ich das geschafft hatte.

Mein Stammparkplatz war frei. Es schien mein Glückstag zu werden. Eigentlich hatte der Tag auch schon mit Glück angefangen, denn wie viel Glück hat man, wenn man mitten in der Woche bis halb zwölf schlafen darf?
Ich ging durch unser Foyer und warf einen Blick in den Theatersaal. Auf der Bühne stand Clemens, der einen schwarzen Anzug mit einem weißen Hemd und einer

knallroten Fliege trug. Seine Haare hatte er glatt nach hinten gegelt und in seinem Gesicht leuchtete eine Clownsnase.
Als ich die Tür geöffnet hatte, war er wieder einmal im Streit mit unserem Regisseur Kai-Jakob. Clemens beklagte, dass sich Kai-Jakob nicht in die Probe einmischen solle, da dieser mit seinem Solo-Vortrag nichts zu tun hätte. Er wäre lediglich für die kompletten Stücke zuständig, was Clemens' Meinung nach, schon schlimm genug sei.
„Aber das ist doch scheiße!", hörte ich Kai-Jakob sagen.
„Scheiße ist hier höchstens das, was du mit diesem Unterhosen-Humor in diesem Hause inszenierst. Geh nun und lass mich hier in Ruhe proben!", schimpfte Clemens zurück.
Kopfschüttelnd ging Kai-Jakob über die Bühne und verschwand hinter den Kulissen.
Clemens richtete sich wieder mitten auf der Bühne auf, hob theatralisch die Arme und rezitierte:

„De Friehjohr hot sich ei'gestellt,
Hopp, wer will'n sehn?
Der muss mit mir ins freie Feld,
Ins griene Feld nun gehn.

Er hält sich im Walde ve'schdoh,
Wo still die Veilcher stehn;
Der Wiesegrund is schun bedeckt,
Mer kann'n kaum noch sehn.

Im Wirthaus kehrt er gerne oi,
Wo gude Zecher sind;
Do is er dann bei kühlem Woi
Zum Wohl! Un trinkt geschwind."

Er hielt inne und verneigte sich schließlich vor einem imaginären Publikum.
Als er mich am Ende des Saals an der Eingangstür erblickte, winkte er erfreut: „Und? Was sagst du?"
„Das ist scheiße!", rief ich von weitem.
Irritiert schaute mich Clemens an: „Nein! Das ist Klopstock. Auf Pfälzisch. Für den nächsten Fastnachtsabend."
„Das ist scheiße!", wiederholte ich, verließ den Theatersaal und ging in mein Büro. Aus den Augenwinkeln sah ich noch, wie Clemens' Arme sanken und er in sich zusammensackte. Vermutlich hätte er sich selbst als Soufflé bezeichnet, das in sich zusammengefallen war. Auch wenn er mir hier leidtat, musste ich ihm dennoch die Wahrheit sagen. Er war nun einmal kein Komiker und für die Fastnacht völlig ungeeignet. Eine Tatsache, der viele Künstler ins Auge sehen mussten. Es gab und gibt immer wieder Künstler, die einfach nicht lustig sind. Und für viele ist es schwierig, das zu akzeptieren. Besonders für die, die eine zu einfache Vorstellung von humoristischer Darbietung auf der Bühne hatten. Bei Clemens hatte ich außerdem das Gefühl, dass sein Drang auf die Bühne immer größer wurde. Er wollte sich nicht nur auf

seine kleinen Lesungen beschränken. Immer wieder machte er Andeutungen, dass er auch kleine, aber – wie er betonte – bedeutende Nebenrollen übernehmen könne. Bisher war es mir zum Glück immer noch gelungen, das zu verhindern.

Im Büro war meine Assistentin Bettina gerade dabei, alle Schränke auszuräumen. Überall auf Tischen und Stühlen lagen und standen Aktenordner.
„Was machst du denn hier?“, fragte ich sie, während ich das Chaos begutachtete.
„Ich mache sauber. Das macht in dem Saustall ja keiner!!!“, schimpfte sie.
„Aber dafür haben wir doch eine Reinigungskraft, die wir bezahlen!“, erinnerte ich sie an unsere Perle Frau Hartmann.
„Wenn die die Schränke auswäscht, dann finde ich nachher nichts mehr wieder. Die geht mir hier nicht dran!“ Energisch wrang sie ein Ledertuch aus und wischte hektisch über einen Regalboden.
„Ich wollte mir ja auch mal Zeit dafür nehmen, aber ich bin nicht dazu gekommen. Sorry!“, entschuldigte ich mich.
„Du??? Du lässt schön die Hände aus den Schränken. So wie du sauber machst, kann ich danach gleich wieder anfangen“, schimpfte sie weiter.
„Ja,“ wendete ich ein, „wenn dir niemand helfen darf und nur du das alles alleine kannst, dann kannst du dich doch nicht beschweren.“

„Ich beschwere mich doch gar nicht“, erklärte sie zu meiner Überraschung. „Ich beklage mich höchstens. Und wenn ich das schon machen muss, dann möchte ich mich wenigstens dabei beklagen.“
„Ach so!“, sagte ich erleichtert, „Kein Problem. Du kannst putzen und dich beklagen, so viel du willst.“
Bettina warf wütend das Ledertuch in den Eimer: „Dann macht doch euren Dreck alleine!“
„Hey! Hey! Hey!“, protestierte ich. „Niemand hat dich gezwungen, das zu machen. Und außerdem habe ich dich doch beklagen lassen.“
Sie schaute mich kurz mit einem verärgerten Blick an und begann, alle Aktenordner wieder einzuräumen.
„Wieso bist du überhaupt hier?“, fragte sie mich.
„Ich arbeite hier!?“, antwortete ich ironisch.
„Du hast doch einen Termin in Edesheim mit Burkhardt Gimpel.“
„Heute?“, ich war überrascht.

Noch bevor Bettina antworten konnte, flog die Bürotür auf und Clemens trat, wie immer, theatralisch ein.
„Ich hoffe, ich störe nicht!“, sagte er, als er reinkam und sich erst einmal auf meinem Schreibtischstuhl niederließ.
„Ist es denn nicht zu erreichen, dass du anklopfst, bevor du hier reinlatschst?“, fragte Bettina verärgert.
„Ich latsche nicht!“, korrigierte Clemens sie.

„Oh, ich vergaß!“, antwortete Bettina übertrieben antiquiert, „Graf Heister pflegen ja zu schreiten!“
Bevor die Lage zu eskalieren drohte, mischte ich mich schnell ein: „Was können wir denn für dich tun, Clemens?“
„Ich habe gehört, dass du wieder eine Weinprobe im Weingut Gimpel machst“, sagte er mit einem gewissen Vorwurf in der Stimme.
„Das stimmt!“, bestätigte ich, „Ich wollte eben dahin fahren, weil ich einen Termin mit Burkhardt Gimpel habe.“ Ich sah hilfesuchend Bettina an, die zustimmend nickte.

Die Weinproben im „Weingut Gimpel“ in Edesheim waren immer ganz besondere Veranstaltungen. Vier Mal im Jahr lud das Weingut hochkarätige Gäste in den historischen Weinkeller zu einer Verkostung mit seinen Weinen ein. Unsere Aufgabe war es dann immer, diese Zusammenkünfte zu organisieren und vor allem auch durchzuführen. Das Konzept war einfach. Während ich als Moderator die Gäste zum Kaufen und Bestellen animierte, trat einer meiner Schauspieler mit einem Comedy-Monolog auf. Bisher hatte das immer Christoph Hatzky gemacht. Seine Witze waren zwar oft, sagen wir mal, „freizügig“, aber genau das mochten die Gäste. Bettina sagte immer: „Tagsüber vornehm - abends ordinär“

„Und was ist nun deine Frage bezüglich der Weinproben?“,

fragte ich Clemens.
„Warum darf ich da nicht mal lesen?"
„Das habe ich dir doch schon hundert Mal gesagt. Deine Werke passen nicht in diese Gesellschaft", erklärte ich ihm die Sachlage erneut.
„Aber das sind doch alles ganz vornehme Leute. Die wollen doch lieber die großen Geister hören!", lamentierte er weiter.
Ich nahm meine Jacke und meine Autoschlüssel: „Wann sollte ich denn da sein?", fragte ich Bettina.
Sie sah auf die Uhr: „Vor einer Stunde!"
Erschrocken verabschiedete ich mich und ließ Bettina und Clemens im Büro zurück.

Der Verkehr auf der Autobahn 65 nach Edesheim war sehr dicht und ich summte leise vor mich hin. Clemens kam mir wieder in den Kopf und ich überlegte, ob es nicht doch mal an der Zeit war, seine Lesungen bei uns einzustellen und ihn – sozusagen – aus dem Theater zu entfernen. Im Grunde war er ein netter Kerl. Auch war er sehr hilfsbereit. Aber seine ständigen Auseinandersetzungen mit Kai-Jakob, das divenhafte Getue und meine ständig von ihm genervte Bettina machten die Sache fast unumgänglich. Natürlich hatte Clemens öfter mit dem ein oder anderen juristischen Ratschlag geholfen, aber auch das wog den ständigen Ärger nicht auf. Abgesehen davon, dass er als ehemaliger Notar natürlich nicht in allen Bereichen des Rechts zu Hause war.

Mein Freund David hatte mir gerade vor Kurzem eine sehr gute Anwältin vorgestellt, die großes Interesse an Kunst und Kultur hatte und sich entsprechend gut auskannte. Das würde Clemens endgültig überflüssig machen. Daher schickte ich an einer roten Ampel eine WhatsApp an Bettina mit dem Text: „Erinnere mich, dass wir über Clemens sprechen."
Kaum eine Minute später schrieb sie „Nichts lieber als das!", zurück.

In Edenkoben fuhr ich von der Autobahn und dann über die Landstraße nach Edesheim. Immer wieder fiel mir die Schönheit der Region auf. Die gepflegten kleinen Orte, die Landschaften und natürlich die vielen Rebstöcke, die auch jetzt entlang der Landstraße an mir vorbeizogen. Hier war das Klima so mild, dass sogar Zitronen und Kiwis wuchsen. Aber besonders war natürlich der Wein. Edesheim hat zahlreiche sehr gute Weingüter, die erstklassigen Wein, Brände, Liköre aber auch Sekte herstellen.
Einer der zahlreichen Winzer war eben jener Burkhardt Gimpel. Sein Weingut war nicht besonders groß und seine Weine nicht die allerbesten, aber dennoch konnte er sich mit seinen Mitstreitern in der Region messen. Mir schien, als würde er mit seinen Weinen den anderen immer ein bisschen hinterherhinken. Aus diesem Grund hatte er sich wahrscheinlich auch die Weinproben mit den erlesenen Gästen ausgedacht, die wir unterhalten sollten. Wenn auch, wie

erwähnt, die Weine nicht zu den exklusivsten gehörten, hatten die Honorationen der Umgebung trotzdem das Bedürfnis, bei diesen Weinproben dabei sein zu müssen. Bettina war davon überzeugt, dass es an unserem Entertainment-Programm lag. Ich allerdings hatte eher die Vermutung, die hochkarätigen Gäste kamen nur, weil es alles umsonst gab. Essen, Trinken und natürlich unser Programm.

Gimpels Vinothek lag im Südosten von Edesheim und ich freute mich schon, Burkhardt Gimpel wiederzutreffen. Als ich von weitem auf das Weingut zufuhr, sah ich mehrere Fahrzeuge mit Blaulicht vor der Einfahrt. Polizei und Krankenwagen konnte ich entdecken. Irritiert parkte ich meinen Wagen am Straßenrand und ging auf das Weingut zu.

„Sie können hier nicht durch!“, rief mir ein Polizist zu.

„Ich habe einen Termin! Also eigentlich hatte ich ihn vor einer Stunde, aber ein Kollege im Theater hat mich aufgehalten“, erklärte ich dem Polizisten und fügte, noch bevor er etwas sagen konnte, hinzu: „Mit dem gibt es nämlich immer Probleme. Immer wenn ich weg muss, kommt der mit irgendeinem Problem. Eigentlich wäre ich also schon längst hier gewesen.“

Verwirrt sah mich der Polizist an und ich merkte, dass ich aufgrund des Schreckens anfing, den armen Mann zuzutexten.

„Das ist alles sehr unerfreulich für Sie, aber hier können Sie jetzt nicht hin. Mit wem hatten Sie denn den Termin?“

„Mit Herrn Gimpel. Dem Eigentümer. Könnten Sie ihm

vielleicht sagen, dass ich da bin? Vielleicht kann er kurz rauskommen."
„Soll er irgendeinen bestimmten Wein und etwas Spundekäs mitbringen?", fragte der Polizist ironisch.
Erst jetzt realisierte ich wirklich die Situation. „Ist ihm was passiert?", fragte ich den Beamten ängstlich.
„Bitte gehen Sie jetzt. Hier können Sie heute nicht mehr auf das Gelände", sagte der Polizist und wies mich zurück zu meinem Auto.
„Aber ich habe einen Termin. Es geht doch um die Veranstaltungen, die wir hier machen. Da waren noch ein paar Fragen", sagte ich hilflos.
„Ich glaube nicht, dass Sie in der nächsten Zeit hier irgendetwas veranstalten können. Der Vorhang ist erst einmal gefallen."
„Ja, aber ...", stammelte ich.
Aber der Polizist zeigte nur in Richtung meines Wagens, und so ging ich völlig verstört zurück.
Im Auto angekommen, musste ich mich erst einmal sammeln. Ich nahm mein Handy und rief Bettina an.
„Wo bist du?", begrüßte sie mich verärgert. „Der Gimpel hat angerufen und war ganz schön sauer, weil er auf dich gewartet hat."
„Wann hat er dich angerufen?", fragte ich überrascht.
„Vorhin", antwortete meine Assistentin lapidar.
„Wann vorhin???", brüllte ich sie fast an.

„Ich weiß es grad nicht!!“, brüllte Bettina zurück. „Clemens war bis gerade hier und hat mich völlig verrückt gemacht.“
Dieser Clemens, dachte ich fluchend.
„Wo bist du denn jetzt?“, fragte Bettina erneut.
„Ich bin auf dem Rückweg“, antwortete ich nur, legte auf und fuhr zurück ins Theater.
Unterwegs versuchte ich, David zu erreichen. Er hatte lange beim „Ruppertsberger Sonntagsblatt“ gearbeitet und bekam drei Monate zuvor das Angebot, Ressortleiter bei der „Pfälzischen Rundschau“ zu werden. Ich hatte mich sehr für ihn gefreut, da diese Chance, für die zweitgrößte Tageszeitung in der gesamten Region zu arbeiten, natürlich ein toller Aufstieg war. Was ich dabei aber leider übersah, war, dass er viel weniger Zeit für unsere üblichen Treffen hatte. Auch jetzt rief ich wieder vergebens an, denn es meldete sich nur seine Mailbox.
Ich hinterließ ihm eine Nachricht mit der Bitte, sich umgehend bei mir zu melden.

Bettina sah mich neugierig an, als ich mein Büro betrat.
„Wieso bist du denn schon wieder da?“, fragte sie.
„Wann hast du mit Gimpel telefoniert?“, fragte ich zurück.
„Ich weiß es nicht mehr genau. Vielleicht zehn Minuten nachdem du hier raus warst.“
„Was hat er denn genau gesagt?“, wollte ich wissen.
„Er schien aufgeregt und verärgert. Er hat nur gefragt, ob du

unterwegs seist. Als ich das bestätigt habe, hat er aufgelegt. Mehr war nicht. Warum?“

Gerade wollte ich ihr erzählen, was passiert war, als mein Handy klingelte. Es war David. Ich gab Bettina ein Zeichen, dass sie mithören sollte.
„Sorry, Alter“, meldete er sich, „Ich habe nicht viel Zeit. Hier ist die Hölle los. Gibt es was Dringendes?“
„Wie man's nimmt. Ich hatte einen Termin mit Burkhardt Gimpel, aber da stand alles voller Polizei“, erklärte ich ihm und gleichzeitig der verdutzten Bettina.
„Ist das mal eine Sache?“, fragte David ganz journalistisch.
„Weißt du was darüber?“
„Natürlich. Wir sind schon an der Sache dran. Mein Kollege ist vor Ort. Der arme Gimpel. Wir versuchen gerade, noch mehr darüber rauszubekommen. Viel haben wir noch nicht.“
„Ist Gimpel etwa tot?“, fragte ich, um sicher zu sein, dass ich richtig verstanden hatte.
„So wie es klingt, ja!“
„Aber unsere Veranstaltungen!“, stotterte ich, „Wir haben doch Termine!“
„Die Veranstaltungen wirst du erst mal in den Wind schreiben müssen, befürchte ich“, stellte David realistisch fest.
„Treffen wir uns nachher gegenüber dem Theater in der ‚Kanne‘ auf einen Schoppen?“, fragte ich meinen besten Freund.

„Machen wir!“, stimmte der zu. „Sagen wir gegen sechs Uhr.“
Ich beendete das Gespräch und schaute zu Bettina. Sie war sichtlich irritiert: „Der Gimpel ist tot?“, fragte sie zur Sicherheit noch einmal nach.
„Wie du hörst. Vielleicht warst du ja die Letzte, die mit ihm gesprochen hat“, sinnierte ich.
„Das ist, äh, gut möglich“, stotterte sie, widmete sich dann wieder ihren Abrechnungen und ich arbeitete meine E-Mails ab. Für mich war das eine gute Gelegenheit, um für einen Moment meine Gedanken auf etwas anderes zu lenken. Immerhin hatte ich noch die schwierige Aufgabe, eine Möglichkeit zu finden, die nun fehlenden Einnahmen der Weinproben irgendwie zu kompensieren. Und das war gar nicht so einfach, war doch Winzer Gimpel und seine V.I.P.-Truppe mehr als großzügig.

„Du weißt, dass heute der Elfte ist?“, fragte Bettina, ohne aufzusehen.
Ich sah zur Wand, an der eine riesengroße Digitaluhr hing, die neben dem Wochentag auch noch die Uhrzeit, Vormittag oder Nachmittag, das Datum, den Monat und das Jahr anzeigte.
Diese Uhr hatte Bettina irgendwann einmal angeschafft, weil sie keine Lust mehr hatte, mehrfach meine Frage „Was ist heute für ein Tag?“ zu beantworten. Als ich seinerzeit ins Büro kam und sie auf der Leiter entdeckte, wo sie einen Nagel für die Uhr in die Wand schlug, war sie selbst ganz begeistert von

der Idee. Meine Begeisterung war allerdings direkt wieder verschwunden, als sie mir erklärte, dass es sich um eine „Senioren-Demenz-Uhr“ handeln würde.
„Warum erinnerst du mich daran, dass heute der Elfte ist?“, fragte ich, während ich eine E-Mail tippte.
„Weil am Zweiundzwanzigsten schon wieder Premiere ist.“
„Das ist doch fein!“, freute ich mich, „Endlich mal wieder ein neues Stück im Programm.“
„Ich bin nicht sicher, ob das im Moment so eine Freude ist. Wie ich mitbekommen habe, laufen die Proben nicht wirklich gut.“
„Ich werde sie mir mal anschauen“, begriff ich nun, was meine Assistentin mit der Aussage meinte. „Wann proben die denn wieder?“
Bettina sah auf die Demenz-Uhr: „Wenn sie pünktlich waren, seit einer halben Stunde.“

Ich schloss mein E-Mail-Programm, stand auf und ging in den Theatersaal. Auf der Bühne sah ich Christine, unsere Star-Blondine, die eine Lockenperücke, eine Corsage und einen knappen Minirock trug. Neben ihr stand Jan in einem Blaumann mit Unterhemd, der zwei übertrieben große Stromkabel in der Hand hielt.
Christine beugte sich gerade zu Jan vor und sagte: „Wenn Sie denken, dass ich im ältesten Gewerbe der Welt arbeite, dann haben Sie vielleicht Recht. Aber vielleicht auch nicht.“

Daraufhin antwortete Jan: „Wir Elektriker arbeiten im ältesten Gewerbe der Welt!"
„Ups!", machte Christine und steckte einen Finger in ihren übertrieben rot gemalten Mund und sagte unschuldig: „Das kann ich mir gar nicht vorstellen? Wirklich???"
„Na klar!", grinste Jan, „Als Gott sprach: ‚Es werde Licht', hat ja einer vorher die Leitung legen müssen."
Ich seufzte leise vor mich hin. Kai-Jakob unser Regisseur unterbrach die Szene und sprang auf die Bühne. Er machte Christine die Szene noch einmal vor, weil ihm das Ganze noch nicht „erotisch" genug war. Ich wartete, bis sie alles besprochen hatten und Kai-Jakob die Szene noch einmal spielen ließ.
„Und? Was denkst du?", fragte er anschließend in meine Richtung. Ich zeigte ihm einen Daumen nach oben und ging zurück ins Büro.
„Christoph hat angerufen", begrüßte mich Bettina. „Er hat im Radio von der Sache mit dem Weingut gehört und will wissen, ob die nächste Weinprobe stattfinden wird."
„Was hast du ihm geantwortet?"
„Dass wir es nicht wüssten und er sich gedulden soll!", antwortete Bettina zu meiner Zufriedenheit.
„Fein!", freute ich mich. „Ich kann verstehen, dass er nervös wird. Er kam auf den Weinproben immer sehr gut an mit seinen Einlagen. Die Frauen haben dem die Scheine nur so zugesteckt, dabei hat er nicht mal strippen müssen." Für einen Moment schaute ich schwärmerisch vor mich hin. „Das

möchte ich auch mal gerne!“
„Was?“, fragte Bettina irritiert. „Strippen?“
„Ach was!“, schüttelte ich den Kopf, “Einfach Geld zugesteckt bekommen“
„Na Gott sei Dank! Ich hatte schon Angst.“ Bettina schien beruhigt.
„Was soll denn das heißen?“, protestierte ich.
„Nichts!“
„Was heißt nichts?“
„Nichts! Heißt nichts!“, philosophierte Bettina, und für einen kurzen Moment arbeiteten wir stumm weiter.
„Und selbst wenn!“, sagte ich schließlich.
„Selbst, wenn was?“
„Und selbst wenn ich strippen würde. Könnte ich das immer noch besser als gewisse andere!“, war ich überzeugt.
„Beim Strippen geht es ja weniger ums Können, als eher ums Ansehnlichsein“, belehrte sie mich. „Und wen meinst du mit ‚gewisse andere‘?“
Ich schwieg und starrte sie grinsend an.
„Meinst du mich etwa?“, empörte sie sich.
„Vielleicht...!“, antwortete ich scheinheilig. „Vielleicht aber auch andere.“
„Ja!“, sagte sie süffisant, „So jemand wie Clemens beispielsweise. Apropos, du wolltest mit mir über ihn sprechen, hattest du geschrieben.“
Wieder seufzte ich. Clemens war einfach ein schwieriges

Thema in unserem Theater, und daher erklärte ich Bettina meine Gedanken, ihn früher oder später aus dem Theater zu verabschieden.
„Du würdest mir eine große Freude machen, wenn du den an die Luft setzen würdest. Der wird ja immer unverschämter.“, beschwerte sie sich.
„Ich empfinde ihn eigentlich eher als arrogant“, sinnierte ich.
„Was du arrogant nennst, nenne ich unverschämt. Der hat immer so eine Art an sich, als wären wir hier alle nur Dreck und er der wahre große Künstler.“
„Na! Na! Na!“, bremste ich meine Assistentin.
„Was denn?“, fragte sie. „Ist doch so!“
„Nun ja“, gab ich zu, „ein bisschen ist da schon dran. Ich werde mal mit Kai-Jakob reden. Vielleicht können wir uns ihn gemeinsam mal zur Brust nehmen.“
Bettina saß an ihrem Schreibtisch und schien nicht begeistert zu sein. Sie wirkte fast beleidigt.
„Das ist jetzt auch wieder nicht richtig, oder?“, fragte ich sie.
Sie schwieg. Das typische Schweigen, wenn sie am liebsten losschimpfen, das aber dennoch vermeiden will.
„Was habe ich schon wieder falsch gemacht?“, versuchte ich es noch mal.
Ohne aufzusehen, brach es aus ihr heraus: „Das war wieder klar!“, begann sie. „Da wird dann wieder viel bla bla bla gemacht und es passiert nichts. Gar nichts. Er wird euch zusülzen, ihr gebt ihm eine letzte Chance, und dann bleibt

alles, wie es ist. Und ich muss den hier dauernd im Büro ertragen."

Bettina redete sich zu meiner Überraschung völlig in Rage. „Lass mich dir eins sagen: Entweder der oder ich!"

Wie paralysiert stand ich auf und ging auf ihren Schreibtisch zu. Sie saß auf ihrem Stuhl, die Wangen vor Wut gerötet, und die Haare ihrer Kurzhaarfrisur spiegelten genau ihre Stimmung wider.

„Wie war das?", fragte ich langsam. „Er oder du? Das meinst du doch nicht ernst."

Sie verschränkte die Arme und schnaufte. „Doch!", sagte sie bockig.

Ich drehte mich zur Demenzuhr und schaute auf die Anzeige. Es war kurz vor achtzehn Uhr. Ich nahm meine Jacke und ging wortlos aus dem Büro und rüber in die „Kanne". Auch wenn unsere Stammgaststätte nur ein paar Meter auf der anderen Straßenseite lag, war ich froh, die Jacke angezogen zu haben, denn es war doch abends schon sehr kühl, und außerdem ließ mich zusätzlich die Situation im Büro frösteln. Ich nahm mir vor, heute nicht mehr darüber nachzudenken und die Sache auf morgen zu vertagen.

Justus, der Kellner, begrüßte mich freudig, als ich die „Kanne" betrat: „Wie schön, dass ich dich auch mal wieder sehe. David ist schon da und wartet an eurem Lieblingstisch. Schörlchen?"

Ich nickte genervt, weil Justus genau wusste, dass ich diesen Ausdruck nicht leiden konnte, und er scheinbar Freude hatte,

mich damit jedes Mal zu ärgern.
David saß am Tisch und spielte mit seinem Handy: „Kennst du Moorhuhn?“, fragte er, ohne aufzusehen.
„Du spielst Moorhuhn? Gibt es das noch? Wie kann man denn Moorhuhn spielen?“, ich bekam mich überhaupt nicht ein.
„Ich habe gefragt, ob du das kennst und nicht gesagt, dass ich es spiele.“ Er legte sein Handy weg und wir lachten.
Das war typisch für seinen Humor. David machte immer solche Witze mit mir und sie gefielen mir. Jedenfalls mehr als seine ständigen Cevapcici-Witze. Aber auch an diesem Abend verschonte er mich nicht damit und fragte: „Wie viele Weihnachtsmänner braucht man, um Cevapcicis zu grillen?“
Ich zuckte ahnungslos mit den Schultern.
„Einen! Es gibt ja nur einen!“
Wieder lachten wir und Justus brachte Schorle.
„Jetzt aber mal im Ernst“, begann ich. „Was ist da mit Gimpel passiert?“
David berichtete, was er in seiner Zeitungsredaktion herausbekommen hatte: „Nach Aussage der Polizei hat Gimpel tot auf dem Boden in seinem Weinkeller gelegen. Weil er direkt am Fuß der Treppe lag, vermuten sie, dass er gestürzt ist.“
„Wer hat ihn gefunden?“, fragte ich.
„Sein Sohn. Der hat dann auch gleich den Krankenwagen und die Polizei gerufen.“
„Gimpel hatte einen Sohn?“, fragte ich überrascht.

„Hast du den nicht gekannt? Oliver heißt er. Er arbeitet doch auch auf dem Weingut."
„Hmmm!", ich überlegte. „Ist das so ein Schmaler, Großer, mit runder Brille?"
„Genau! Der ist es."
„Hmmm!", sagte ich wieder und überlegte erneut. „Ich habe immer gedacht, das wäre ein Angestellter von ihm, so wie er den immer herumgescheucht hat."
„Da kann ich nichts zu sagen. Ich habe das nur von der Polizei erfahren. Du musst ihn eigentlich gekannt haben."
„Naja, kennen wäre zu viel gesagt. Ich habe ihn halt ein paar Mal dort gesehen. Aber was mache ich denn jetzt mit meinen Veranstaltungen?", machte ich mir wieder Sorgen.
„Halte dich an Oliver. Der wird ja nun alles erben. Gimpel war Witwer und mehr Kinder hatte er nicht", berichtete David weiter.
Der alte Gimpel war eigentlich ein sehr netter, höflicher und freundlicher Mensch. Wir kamen gut zusammen aus und ihm gefiel die Art, wie wir seine Weinproben künstlerisch organisiert hatten. Dass er der Vater dieses verschlossenen Mannes, Mitte dreißig, sein sollte, der sehr schüchtern und auch ein wenig ängstlich wirkte, konnte ich mir überhaupt nicht vorstellen. Wenn es der war, den ich in Erinnerung hatte, dann wurde der vom alten Gimpel ziemlich grob und unverschämt behandelt. Fast so, wie man zu früheren Zeiten mit den sogenannten „Lehrlingen" umgegangen war.

„Vielleicht fahre ich morgen noch mal raus. Ich will fragen, was jetzt mit den Veranstaltungen wird“, erklärte ich David, der mich verständnislos ansah.
„Du immer mit deinen ‚Veranstaltungen‘“, rügte er mich. „Da ist ein Mann gestorben und du willst direkt zu seinem Sohn und fragen, was mit deinen ‚Veranstaltungen‘ ist. Du hast ja Nerven.“
„Gar nicht direkt. Erst mal kondoliere ich.“
„Na, das wird ihn ja begeistern“, bemerkte David ironisch.
„Weißt du eigentlich, dass meine Bettina vermutlich die Letzte war, die mit ihm gesprochen hat?“
„Hat sie mit ihm telefoniert?“ David schien aufgeregt.
„Ja. Wegen meiner Veranstaltungen!“, erklärte ich.
„JETZT HÖR DAMIT AUF!“, brüllte David mich an, dass sich die Leute in der „Kanne“ schon umdrehten.
„Was denn?“, fragte ich unschuldig.
„Das mit deinen blöden ‚Veranstaltungen‘“, schimpfte David weiter.
„Gar nicht blöde“, protestierte ich und erzählte ihm, dass Gimpel aufgrund meiner Verspätung bei Bettina angerufen hatte.
Ein wenig enttäuscht war David, dass ich aus dem Telefonat nicht mehr berichten konnte, außer, dass Gimpel aufgeregt nach mir gefragt hatte.
„Warum war er wohl aufgeregt?“, fragte David.
„Ich habe keine Ahnung. Vielleicht war er verärgert, dass ich

den Termin vergeigt hatte. Ich kann mir selbst nicht erklären, wie mir das durchgegangen sein konnte", wunderte ich mich immer noch.
„Kennst du diese Treppe runter in den Weinkeller?", fragte David.
„Natürlich", antwortete ich. „Bei jeder Ver..., also immer wenn ich da zu tun hatte, bin ich diese Treppe zig mal runter und rauf gegangen."
„Was ist das für eine Treppe?"
„Eine ziemlich steile. Unangenehm. Als Showtreppe nicht geeignet, wenn du das meinst. Sie ist sehr lang und hat sehr alte, schmale Stufen. Ich könnte mir gut vorstellen, dass der alte Gimpel da runtergesegelt ist."
„Ist sie so gefährlich, dass man sterben kann, wenn man sie herunterfällt?", fragte David ein wenig misstrauisch.
„Nun," überlegte ich laut, „ich bin kein Experte. Aber vielleicht, wenn man unten unglücklich ankommt. Das ist ja alles Steinboden. Du kennst diese großen, ungleichen Steinplatten, die man früher zum Bauen benutzt hatte."
„So uneben und mit großen, ungleichen Fugen?"
„Genau!", bestätigte ich. „Der alte Gimpel hatte für die Weinproben immer Bierdeckel unter die Tischbeine machen müssen, weil da kein Tisch wackelfrei stehen konnte."
Wir beendeten das Thema und erzählten noch ein wenig über dies und das und bezahlten schließlich. Auf der Fahrt nach Hause dachte ich über Davids Worte nach. Er war mein bester

Freund und ich fragte ihn häufig um Rat. Seine Meinung war mir jedes Mal sehr wichtig und hatte mich hin und wieder vor Dummheiten bewahrt. Vielleicht hatte er Recht und ich sollte mit meiner Nachfrage zu den Weinproben-Veranstaltungen noch etwas warten. Als Privatmensch leuchtete mir das auch völlig ein, aber als Theaterleiter musste ich leider wirtschaftlich denken. Die Beträge, die wir für diese Arbeit bekamen, waren schon beträchtlich und der Verlust wäre für das Theater nicht gut.

Während ich meinen Wagen über die Bundesstraße nach Hause lenkte, spielten zwei Gedanken in meinem Kopf „Engel und Teufel" Zu guter Letzt beschloss ich, Oliver Gimpel am nächsten Tag auf dem Weingut zu besuchen und ihm zu kondolieren. Das wäre erst einmal unverfänglich. Vielleicht kämen wir automatisch auf das Thema ‚Weinproben'. Der Gedanke gefiel mir. Allerdings wusste ich nicht, was ich Oliver mitbringen sollte. Blumen schienen mir unangebracht. Und auch für Pralinen wäre er der falsche Adressat. Ich nahm mir vor, Bettina am nächsten Tag zu bitten, im Internet zu recherchieren, was man bei solchen Gelegenheiten schenken konnte. Ich dachte an so viele Chefs, die ihre Sekretärinnen selbst Geburtstags- und Weihnachtsgeschenke aussuchen ließen, und die dann diese Aufgaben mit Hingabe erfüllten.

Allerdings bedachte ich in diesem Moment nicht, dass meine Assistentin eben keine Sekretärin war.

3. Barrique - Immer eine gute Idee

Bettina war immer noch beleidigt. Sie stand am Fenster und goss großzügig die beiden Topfpflanzen, die dort auf der Bank standen. Zwar wurden sie regelmäßig von ihr gegossen, aber einen grünen Daumen schien meine Assistentin nicht zu haben. Beide Pflanzen ließen traurig alle Blätter hängen.
Als ich sie am Morgen gefragt hatte, welche Aufmerksamkeit ich Oliver Gimpel mitnehmen könnte, sagte sie lediglich, dass wir im Schrank noch ein paar Glückwunschkarten hätten. Daraufhin gab ich es auf, sie weiter mit meinem Problem zu behelligen.
Im Theatersaal wurde schon wieder seit zehn Uhr geprobt. Ich ging hinüber und grüßte kurz die Crew, die gerade eine Pause machte.
„Du kommst gerade richtig", kam Kai-Jakob auf mich zu. „Wir probieren nach dem Mittag eine Szene, die du dir bitte mal ansehen könntest."
„Warum?", wollte ich wissen.
„Irgendwie kommt sie nicht in Schwung. Vielleicht hast du eine Idee."
Ich versprach, sie mir anzusehen, und stellte nun mein Problem mit dem Geschenk in die Runde.
„Gar nichts!", sagte Jan trocken. „Was will man denn da schenken?", fragte er rhetorisch.

„Vielleicht ein schönes Parfum?“, überlegte Christine.
„Ich geh doch zu keinem Date!“, protestierte ich.
„Vielleicht eine Topfpflanze“, schlug Kai-Jakob vor.
Mir kamen daraufhin die beiden Töpfe auf unserer Bürofensterbank in den Kopf. Davon könnte ich vielleicht eine nehmen. Traurig genug sahen beide aus und dem Anlass demnach angemessen, aber ich verwarf den Gedanken sofort wieder.
Ich ließ die Truppe allein und versprach, nach dem Mittag wieder da zu sein. Im Büro holte ich meine Jacke und ging zu einer Weinhandlung in der Nachbarschaft. Dort besorgte ich eine gute Flasche Riesling-Barrique-Wein. Dieser gehörte zu meinen Lieblingsweinen, und so ein Geschenk konnte nie falsch sein. Jedenfalls dachte ich das.
Aber als ich zurück in mein Büro kam, lachte mich Bettina sofort aus: „Einem Winzer-Sohn Wein schenken“, schüttelte sie den Kopf, „Auf so einen Quatsch kannst auch nur du kommen!“
„Besser als deine Glückwunschkarten aus dem Schrank!“, antwortete ich patzig, nahm meinen Autoschlüssel und fuhr nach Edesheim.

Als ich auf den Hof der Vinothek einfuhr, sah ich Oliver auf einer Bank vor dem Haus sitzen. Er machte einen verlorenen Eindruck. In der Hand hatte er ein Leberwurstbrot, das er offensichtlich zum Mittag aß. Als er mein Auto parken sah,

stand er auf. Ich stieg aus und ging mit ausgestreckter Hand auf ihn zu. Stumm schüttelte ich ihm die Hand.
„Du bist der Erste, der heute hier hinkommt!“, sagte er leise. „Abgesehen vom Postboten.“
Eigentlich wollte ich ihm kondolieren, aber ich hatte den Eindruck, als wolle er die wohlmeinenden und tröstenden Worte, die man sonst in dieser Situation zu Menschen sagte, nicht hören.
„Ist das für mich?“, fragte er und zeigte auf mein Geschenk.
Verwundert nickte ich. So viel Direktheit hatte ich ihm gar nicht zugetraut.
Ich übergab ihm die eingepackte Flasche, die er sogleich vom Papier befreite.
„Ich wollte gerne etwas mitbringen, aber ich wusste nicht ...“, begann ich, aber Oliver unterbrach mich. „Ich habe noch nie einen Wein geschenkt bekommen. Vor allem nicht so einen guten.“ Er schien tatsächlich gerührt. Aufmerksam studierte er das Etikett.
„Du hast noch nie von jemandem Wein geschenkt bekommen?“, fragte ich überrascht.
„Nicht direkt!“, antwortete er. „Wenn Vater und ich Pizza und Salat bestellt hatten, dann gab es schon mal eine Flasche Rotwein gratis. Aber das kann man eigentlich nicht Geschenk nennen.“
Er lachte, und ich lachte mit.
„Du kommst wegen der Weinproben, stimmts?“, fragte Oliver

direkt heraus, und wieder fühlte ich mich unwohl. Er stand da, hatte gerade frisch seinen Vater verloren, hielt meine Flasche Wein in der Hand, die ich ihm, einem Winzer-Sohn, geschenkt hatte, und schaute mich an. Selten kam ich mir so dämlich vor. Verlegen nickte ich.
„Alles gut. Mach dir keine Gedanken. Das ist kein Problem!"
Es war absurd, dass er in dieser Situation mich zu trösten schien.

Er bat mich, mit in die Vinothek zu kommen, und bot mir einen Platz an. Von hinter der Theke holte er zwei Gläser und eine Flasche Cola. Er schenkte uns beiden ein und prostete mir zu: „Auf Vater!", sagte er „Und all die Probleme, die jetzt auf mich zukommen."
Er nahm die Flasche Wein, die ich ihm geschenkt hatte, in die Hand und las noch einmal das Etikett. „Danke!", wiederholte er und stellte sie wieder ab. Er schien sich wirklich über sie zu freuen.
Während wir dort saßen, klingelte das Telefon, doch Oliver machte keine Anstalten aufzustehen.
„Willst du nicht dran gehen?", fragte ich.
„Das sind die Zeitungen. Da habe ich jetzt keine Lust zu", erklärte er.
„Und wenn es die Polizei oder so ist?", gab ich zu bedenken.
„Die Polizei kommt erst heute Nachmittag wieder. Das haben sie mir gestern schon gesagt."

Oliver erzählte mir den kompletten Ablauf seines gestrigen Tages. Wie er seinen Vater gefunden hatte, wie er ins Verhör genommen wurde und er plötzlich zum Verdächtigen wurde. Wie das Bestattungsunternehmen den alten Gimpel abgeholt hatte und wie ihm auf einmal die Panik überkam, weil ihm bewusst wurde, dass er mit einem Schlag Waise war und ihm nun das komplette Weingut gehören würde.
Über seine Offenheit mir gegenüber war ich verblüfft. Während ich ihm aufmerksam zuhörte, fragte ich mich, wie es kam, dass mir jemand so dermaßen vertraute, obwohl wir uns eigentlich gar nicht wirklich kannten. Immer wieder wollte ich etwas Tröstendes sagen, aber mir fiel nichts ein. Ich erzählte ihm stattdessen, dass meine Assistentin Bettina vermutlich die Letzte war, die mit seinem Vater gesprochen hatte, und er sehr ungehalten gewesen sein soll, weil ich zu spät war.
„Das klingt nach Vater!", lachte er. „Unpünktlichkeit konnte er nicht leiden."
Wir schwiegen einen Moment.
„Du hast übrigens meine Frage noch nicht wirklich beantwortet!", sagte er.
„Welche?", fragte ich zurück.
„Ob du wegen der Weinproben hier bist."
Und wieder fühlte ich mich unwohl.
Aufmunternd sah mich Oliver an: „Alles gut. Wie ich schon sagte, das ist kein Problem."
Ich gab zu, dass ich mir Sorgen um mein Theater machte.

Das lukrative Geschäft war wichtig, und schlimmer noch, dummerweise hatten wir die Gelder schon verplant. Auch wenn es mir schwerfiel, das alles in diesem Moment zuzugeben, betonte ich, dass mir die Sache mit dem alten Gimpel sehr leidtue und er mich jederzeit anrufen könne, wenn ich ihm bei irgendetwas helfen könnte.
Oliver bedankte sich und sagte, dass er das Weingut vielleicht verkaufen wolle. Es wäre zu groß und er habe eigentlich keine Ahnung von all den Geschäften. Er hatte seinem Vater lediglich bei der Lese und abends in der Vinothek geholfen. Bei allem anderen habe sein Vater ihn außen vor gelassen.
„Gibt es denn niemand hier, der sich auskennt?“, fragte ich überrascht.
„Mein Vater hatte noch zwei Arbeiter und die Hilfen bei der Weinlese. Und dann kam ab und zu noch ein Mann zu ihm, mit dem er sich oft besprach“, erzählte er.
„Was für ein Mann war das?“
„Ein Seltsamer. Wenn ich das richtig verstanden habe, dann ist er Risikomanager. Wobei ich nicht weiß, welches Risiko er bei meinem Vater managen wollte.“

Die Frage konnte ich ihm leider auch nicht beantworten. Zumal ich mich ohnehin fragte, wo plötzlich all die neuen Berufe herkamen. Würde man heute noch Nachnamen daraus generieren, wäre das Land voll von Leuten die „Charlotte Influencer“, „Yvonne Spielerfrau“, „Tom Lifecoach“ oder mit

Doppel-Namen „Luka Content-Creator“ hießen.

„Weißt du, wo der Risikomanager tätig ist?“, fragte ich Oliver.
„Ich glaube, er ist bei einer Firma, die mit dem Land zu tun hat. Aber ganz genau habe ich das nie verstanden.“
Ich überlegte, ob man mit diesem Mann vielleicht Kontakt aufnehmen könnte. Vielleicht war er seriös, und Oliver konnte mit seiner Hilfe das Weingut behalten. Wieder ertappte ich mich, dass ich bei meiner Hilfsbereitschaft an die Weinproben dachte. „Weißt du, wie der Mann heißt?“
„Keine Ahnung!“ Oliver zuckte mit den Schultern.
Kurz war ich enttäuscht, versuchte aber, mir nichts anmerken zu lassen. „Hast du noch andere Familie?“, fragte ich ihn.
„Mein Vater hatte eine Schwester, die aber im Ausland lebt. Ich habe nicht mal eine Ahnung wo. Ich weiß nur, dass sie dort verheiratet ist“, erzählte Oliver.
„Hat sie sich nie gemeldet?“, ich war überrascht.
„Anfangs schon. Das Weingut stammt ja aus der Familie meines Vaters, und irgendwann, als meine Großeltern verstorben waren, wollte sie Geld. Es hatte damals einen furchtbaren Streit gegeben. Mein Vater hat sie sogar hier vom Gelände verbannt.“
„Hat sie Geld bekommen?“, fragte ich neugierig.
„Soweit ich weiß, schon. Dieser Risikomanager hat meinem Vater geholfen, dass sie nicht gleich alles auf einmal bekommen sollte. Mehr weiß ich leider nicht.“

Ich schaute auf die Uhr und erschrak. Viel zu lange war ich schon geblieben und musste zurück zur versprochenen Probe.
„Sei mir nicht böse, aber ich muss leider ins Theater", sagte ich zu Olivers Bedauern.
Wir tauschten unsere Handynummern aus und gingen auf den Hof. Ich stieg in mein Auto und startete den Motor.
„Ich melde mich wegen der Weinproben!", rief er mir noch nach, als ich den Hof verließ.
Kurz bevor ich mit dem Auto auf die Straße einbog, sah ich im Rückspiegel, wie Oliver mir hektisch winkend hinterherrannte. Ich bremste und machte das Fenster runter.
„Der Name der Firma von dem Manager", keuchte er, „Den wollte ich dir noch sagen. ‚RIMIKO Value' heißt sie."
„‚RIMIKO Value'?", fragte ich zurück. „Was für ein komischer Name? Bist du sicher?"
„Ja!", antwortete Oliver und errötete. „Ich habe mir eine Eselsbrücke gebaut: Richtig mieser Kotzbrocken!" Er lachte verlegen, und ich lachte mit.
Ich versprach ihm, mich so bald wie möglich wieder zu melden, und fuhr los.

Es war genau halb drei, als ich im Theater ankam. Ohne mich im Büro wieder zurückzumelden, ging ich in den Theatersaal. Zu meiner Überraschung saß die komplette Crew in der ersten Reihe und schien zu warten. Auch Bettina saß dort, was ungewöhnlich war, da sie sich normalerweise nur um das

Büro kümmerte.
„Was ist denn hier los?“, fragte ich.
Aber niemand antwortete.
„Hallo?“, fragte ich noch einmal in die Runde.
Aber wieder antwortete mir niemand.
„Gab es Krach?“, fragte ich.
„Wir haben auf dich gewartet“, sagte Kai-Jakob und sah auf seine Uhr.
„Wir hatten doch nichts Festes ausgemacht!“, verteidigte ich mich, obwohl mich niemand direkt angeklagt hatte.

Die Stimmung war irgendwie eigenartig, und das mochte ich überhaupt nicht. Es lag etwas in der Luft, was ich nicht erklären konnte und was mich unruhig machte. Im Laufe meines Lebens habe ich feine Antennen für Stimmungen und vor allem Missstimmungen entwickelt, und wenn irgendwo etwas faul war, dann konnte ich das meilenweit riechen.
Kai-Jakob stand auf und bat die Schauspieler auf ihre Positionen. Bettina ging wortlos an mir vorbei und verließ den Saal. Ihr grüner Schal flatterte hinter ihr her.
Ich setzte mich in die dritte Reihe auf den mittleren Platz und war neugierig, was mir nun geboten werden sollte.
Holger, als der Hausherr in der Komödie, stand alleine auf der Bühne und telefonierte. Als er fertig war, stürmte Jan, der den Elektriker spielte, hinein: „Kann ich mir mal Ihr Mädchen leihen?“

„Mein Mädchen?“, antwortete Holger überrascht. „Was wollen Sie denn von ihr?“
„Sie soll mir das Rohr halten!“, antwortete Jan selbstbewusst, und ich verdrehte die Augen.
„Ihr Rohr?“, antwortete Holger aufhorchend. „Wie stellen Sie sich das denn vor?“
„Es geht um das Loch! Es muss gebohrt werden, und sie soll mir das Rohr halten!“, erklärte daraufhin Jan.
Ich seufzte leise vor mich hin.
„Wie lange dauert das? Ich brauche unsere Katja gleich selber.“
„Ungefähr zwanzig Minuten!“, sagte Jan nickend.
Holger winkte ab: „Niemand kann zwanzig Minuten am Stück ein Rohr halten. Ich gebe Ihnen zehn Minuten.“
Jan wollte protestieren, doch Holger schien unerbittlich: „Dann müssen Sie eben schneller an Ihrem Loch bohren!“
Jan nickte und ging ab. Kurz darauf hörte man aus dem Off Christine, die die Katja spielte, laut kreischen, und ein Staubsauger war zu hören.
„Gibt es an der Szene was auszusetzen?“, fragte mich Kai-Jakob in einem fast schon provozierenden Ton.
Ich schüttelte mit dem Kopf und ging aus dem Theatersaal.

Im Büro stand Bettina am Kopierer. Unermüdlich ging der Schlitten hin und her, es blitzte kurz und an der Seite schob sich ein Blatt heraus. Ein beachtlicher Stapel Papier lag bereits im Ausgabefach.

„Was ist grün und steht am Kopierer?", fragte ich sie.
Bettina drehte ihren Kopf zur Seite und sah mich stumm an.
„Die Paprikantin!", lachte ich.
Sie drehte den Kopf wieder zurück zum Kopierer und verzog keine Miene.
„Hab ich irgendwas verbrochen, oder warum spricht heute keiner mit mir?"
Mit einem Ruck zog Bettina die Seitenklappe des Fotokopierers auf und angelte ein Blatt heraus, das sich offensichtlich verfangen hatte.
„Also, wenn das wegen der Weinproben ist", begann ich zu erklären, „dann habe ich das mit dem Sohn vom Gimpel schon alles besprochen."
Bettina schloss mit einem lauten Knall die Seitenklappe, und der Kopierer machte wieder seine Arbeit. Kommentarlos ging sie an mir vorbei in Richtung Bürotür.
„Und über meine Flasche Wein hat er sich auch sehr gefreut!", rief ich ihr noch nach. Aber das hörte sie schon nicht mehr, da hinter ihr die Bürotür geräuschvoll ins Schloss gefallen war.

Diese seltsame Stimmung machte mir Sorgen, aber ich beschloss doch noch erst einmal abzuwarten.
Mittlerweile war es halb vier, und mir fiel ein, dass ich noch zu unserem Caterer fahren wollte. Ich notierte eine kurze Nachricht für Bettina und fuhr nach Bad Dürkheim. Dort hatte Leander Bartenberg eine sehr edle Metzgerei. Sie war

so edel, dass er sie „Fleisch-Boutique Dürkem“ nannte. Was, meiner Meinung nach, gut zu Leander passte. Mit seinem Man-bun hinten auf dem Kopf und dem Hipster-Bart konnte er seine Metzgerei auch nicht anders nennen. Außerdem war er ein echter Künstler, was Catering anbelangte. Er machte für wenig Geld die schönsten Pfälzer Spundekäs-, Handkäs- und Fleischwurst-Buffets. Aber auch für einige Euros mehr die besten und exklusivsten Buffets. Und Letztere hat er auch für Burkhardt Gimpel und seine Weinproben gemacht.

Die „Fleisch-Boutique“ lag am westlichen Rand des Kurparks. Unmittelbar in der Nähe der Spielbank, in deren Parkhaus ich nun fuhr. Überall war es relativ ruhig, vielleicht auch daher, dass die Spielfreudigen aus der gesamten Region erst abends die Roulette-Tische und Black-Jack-Karten aufsuchten.

In der Metzgerei war es allerdings relativ voll. Die beiden Mitarbeiterinnen bedienten gerade, und Leander stand an der Seite und unterhielt sich mit einer Frau, die ich nur von hinten sehen konnte. Dennoch kam sie mir bekannt vor. Sie redete temperamentvoll auf Leander ein, der wie immer mit seiner pechschwarzen Schürze, über einem schwarzen Hemd mit hochgekrempelten Ärmeln, und mit verschränkten Armen entspannt an der Wand gelehnt stand und geduldig zuhörte.

Als er mich reinkommen sah, unterbrach er kurz den Redefluss der Frau und begrüßte mich. Die Frau drehte sich um, und ich erkannte die Rechtsanwältin, die David mir vor Kurzem vorgestellt hatte. Sie hatte in ihr Haar eine große runde

Sonnenbrille gesteckt, die mich an „Puck die Stubenfliege“ erinnerte, und in der Hand einen weißen Helm, bei dem ich, warum auch immer, an „Calimero“ denken musste. Gleich kam sie auf mich zu und streckte die Hand aus: „Sie sind Mister Boris, oder? Wir haben uns über David kennengelernt. Ich bin Doktor Nadine Schnellfeld. Die Rechtsanwältin.“
„Was für eine Überraschung“, begrüßte ich sie. „Sie hätte ich hier am allerwenigsten erwartet.“
„Ich ziehe mit meiner Kanzlei hier nach Bad Dürkheim, und da wollte ich eine kleine Einweihungsfeier geben“, erklärte sie ihren Besuch in der Metzgerei.
„Na ja ‚klein‘ ...“, Leander war amüsiert.
„Finden Sie 60 Leute zu viel?“, Frau Doktor war ehrlich verwirrt, „Es gibt so viele Menschen, die ich einladen muss.“ Sie drehte sich wieder zu mir: Was denken Sie, Mister Boris? Sind sechzig zu viel für eine Kanzlei-Einweihung?“
Ich zwinkerte Leander verstohlen zu und antwortete, völlig ernsthaft: „Ganz und gar nicht. Viel? Was ist schon viel? Wenn Sie zum Beispiel achtzig Leute einladen würden, dann würde jeder denken: ‚Die Frau Doktor, die muss aber eine tolle Anwältin sein, wenn so viele Leute zu ihr kommen‘.“
Leander grinste, und Frau Doktor strahlte: „Danke! Da haben Sie recht!“ Sie drückte mir eine Visitenkarte in die Hand. „Wenn Sie mal rechtliche Hilfe brauchen!“
„Ich hab schon zwei. Sie haben mir damals auf der Feier bei David eine gegeben. Eine, als Sie kamen, und eine, als Sie gingen.“

Die Anwältin schien ein wenig verlegen, aber ich beruhigte sie gleich: „... und das war übrigens sehr gut, eine habe ich schon direkt weitergegeben an jemanden, der sicher auch Ihre Hilfe bräuchte."
Frau Doktor strahlte und bat mich trotzdem, die Karte – für alle Fälle – zu behalten.
Mittlerweile hatten sich auch andere Kunden im Laden neugierig umgesehen, und Frau Doktor nutzte gleich die Gelegenheit, jedem von ihnen eine Visitenkarte zu überreichen.
Dann verabschiedete sie sich überschwänglich von Leander und bat ihn, sie doch in den nächsten Tagen für weitere Details anzurufen. Sie setzte ihre große Sonnenbrille und den weißen Helm auf und verließ die Metzgerei. Draußen stieg sie auf eine weiße Vespa, winkte noch einmal lässig durch die Schaufensterscheibe und knatterte davon.
„Woher kennst du die denn?", fragte ich den amüsierten Leander.
„Der alte Gimpel hat mich ihr mal empfohlen. Der schickt oft merkwürdige, aber nette Leute. Meistens alle mit viel Geld."
„Gimpel?" Ich erschrak.
„Was hast du denn? Du kennst ihn doch", versuchte er mich zu erinnern.
„Wegen ihm bin ich hier", erklärte ich.
„Warum?"
„Er ist gestern gestorben. Man hat ihn in seinem Weinkeller

auf dem Boden gefunden."
Leander schien überrascht: „Den Gimpel? Echt?"
„Ja. Ich war heute Vormittag noch bei seinem Sohn."
„Gimpel hatte einen Sohn?" Leander war erneut überrascht. Es kam mir allmählich seltsam vor, dass der arme Oliver scheinbar von niemandem als Gimpels Sohn gekannt wurde. Wie muss das für den armen Jungen gewesen sein, wenn jeder ihn nur für einen Angestellten gehalten hatte.

„Hast du vorher gewusst, dass der Alte einen Sohn auf dem Weingut hat?", wollte Leander von mir wissen.
„Nein. Auch ich war völlig überrascht", gab ich zu.
„Warum bist du denn zu ihm gefahren?"
Wieder wurde ich verlegen: „Wegen der Weinproben."
„Die wirst du wohl jetzt in den Wind schreiben können."

Ich erzählte ihm alle Details, die ich von Oliver zum Tod seines Vaters erfahren hatte, und auch, dass er sich wegen der Weinproben bei mir melden wollte. Was er auch immer damit meinte.
Mit Leander besprach ich zum Schluss noch das Essen für unsere Premiere. Unsere Zuschauer liebten seine Fingerfoods, und so war es klar, dass auch dieses Mal das Essen von seinem Catering-Service kommen musste.

Auf dem Weg zum Parkhaus dachte ich über Leanders

Reaktion auf den Tod von Gimpel nach. Sie war eigentlich so, wie ich sie bei einem Hipster seiner Art erwartet hätte. Ernst, aber nicht traurig, interessiert, aber nicht zu neugierig und alles immer gewürzt mit ein bisschen „das Leben geht weiter“. Als ich am Parkhaus ankam und meinen Schlüssel aus der Jackentasche holte, hatte ich zusätzlich einen Abholschein in der Hand. Kurz ärgerte ich mich, weil ich völlig vergessen hatte, meinen Bühnenanzug aus der Reinigung zu holen. Das wollte ich mit dem Besuch bei Leander verbinden.
Also verließ ich das Parkhaus wieder und ging zurück in die Stadt.
Mein Bühnenanzug war ein Heiligtum. Eigentlich waren es insgesamt vier. Zwei Rote und zwei Blaue, und nur diese Reinigung in Bad Dürkheim durfte sie reinigen. Wahrscheinlich absoluter Unsinn, weil jede Reinigung in Rheinland-Pfalz diese sicher genauso gut wieder frisch und sauber hinbekäme. Ganz anders in Kroatien. Da hatte meine Tante mal einen Hut in die Reinigung gegeben, und als sie ihn wieder abholen wollte, war die Reinigung zu und der Hut weg. Die Firma hatte pleite gemacht und war von heut auf morgen nicht mehr da. Das hatte mich so in Angst versetzt, dass ich selbst hier in Bad Dürkheim jedes Mal meine Telefonnummer hinterließ, für den Fall, dass es vielleicht mal wirtschaftlich schlecht laufen sollte. Mein Freund David meinte zwar, dass das Quatsch sei, denn wenn der Laden abbrennen würde, wäre beides weg. Meine Anzüge und meine Telefonnummer.

Außerdem wäre ich sicher der Letzte, an den sie denken würden, wenn sie pleite gingen. Ich nahm mir vor, seine Meinung zu ignorieren.
Zu meiner Freude stand die Reinigung noch in vollem Glanz an ihrer Adresse. Als ich die Tür öffnen wollte, wurde sie bereits von innen aufgezogen. Frau Doktor stand im Türrahmen und rief im Rausgehen zur Reinigungsfachkraft: „Und wenn mal was ist, Sie haben ja jetzt meine Visitenkarte!", dann drehte sie sich in meine Richtung, um herauszugehen. „Hallo Mister Boris! Wenn wir uns noch mal begegnen, dann müssen Sie einen ausgeben!", damit setzte sie ihren weißen Eierschalenhelm wieder auf und verließ den Laden. Ich schaute ihr nach und ärgerte mich, dass ich in diesem Moment nicht schlagfertiger war. Wahrscheinlich war es reine Höflichkeit ihr gegenüber, denn am liebsten hätte ich geantwortet: „Wieso ich???"
Den Spruch mit dem „einen Ausgeben beim dritten Mal sehen" fand ich schon immer zum ... Nun ja. Im Übrigen hatte ich noch nie jemanden erlebt, der aufgrund so eines Zusammentreffens einen ausgegeben bekommen hatte, geschweige denn, selbst einen ausgab.
Ich holte meine Anzüge aus der Reinigung, die wieder tadellos geworden waren, und fuhr zurück nach Deidesheim.
Unterwegs bekam ich eine Nachricht von Oliver. Er schrieb kurz, dass die Polizei da gewesen wäre, weil sie ein paar Fragen an ihn gehabt hätten und er mich dazu gerne sprechen wolle."

Ob es mit den Weinproben zu tun hatte? Schoss es mir als Erstes durch den Kopf, und ich fing allmählich selbst an, mich, was das anbelangte, furchtbar zu finden.
An einer roten Ampel schrieb ich ihm schnell „Melde mich später“ zurück und fuhr weiter.
Im Theater war es still. Die Crew hatte offensichtlich ihre Proben beendet, und auch Bettina schien bereits nach Hause gefahren zu sein. Ich setzte mich an meinen Schreibtisch, nahm mein Handy und versuchte, Oliver zu erreichen. Aber er meldete sich nicht. Daher öffnete ich mein E-Mail-Programm und schaute die eingegangenen Nachrichten durch. Zum Glück waren keinerlei unangenehme Mails dabei. Ein immer wieder freudiger Moment. Links von meiner Tastatur hatte Bettina die Postmappe gelegt. Ich öffnete sie und hoffte, dass sich auch darin nur harmlose Korrespondenz befand. Ich klappte die Mappe auf und sah die Briefe durch. Es schien mein Glückstag zu sein. Alles gewöhnliche und unspektakuläre Post. Ich blätterte noch eine Seite weiter und entdeckte ein altes Glanzbild, so wie es die Generation meiner Eltern zu Schulzeiten noch gesammelt hatte. Es war ein bunter, in Rosa gehaltener Blumenkranz, in dem der Text „Verschiebe deine Sorgen, einfach mal auf morgen“ stand.
Seltsam. Ich nahm das Bild heraus und sah es mir genauer an. Die Rückseite war leicht vergilbt und in der Mitte klebte ein kleiner Papierfetzen. Vermutlich war das Bildchen aus einem Poesiealbum rausgenommen worden. Aber wie kam es

in die Postmappe? Sollte tatsächlich Bettina so einen Kitsch da hineingelegt haben? Oder sollte mir dieser Spruch etwas sagen? Es war seltsam.
Ich drehte das Bildchen wieder um und las erneut den Spruch.
„Verschiebe deine Sorgen, einfach mal auf morgen!“
Nun, dachte ich mir und zuckte mit den Schultern. Warum nicht? Ich steckte das Bildchen in mein Portemonnaie, machte den Computer aus und schnappte mir meine Jacke. Wenn alle anderen heute frei machten, dann machte ich es auch.

Als ich gerade auf der Hälfte zwischen Theater und meiner Wohnung war, bekam ich eine neue WhatsApp-Nachricht von Oliver: „Ich glaube, mein Vater ist ermordet worden. Kannst du morgen Vormittag vorbeikommen?“
Ich schickte ihm ein „Daumen hoch“
Zu Hause angekommen parkte ich meinen Wagen und freute mich auf ein schönes Glas Wein, das ich einfach und entspannt bei ein wenig Jazz-Musik genießen wollte und dabei noch einmal diesen kuriosen Tag Revue passieren lassen. Auf einiges konnte ich mir keinen Reim machen, aber ich nahm mir vor, geduldig zu bleiben.
Im Treppenhaus begegnete mir meine Nachbarin Frau Wiesemann. Sie wirkte nervös und schien auf mich zu warten.
„Ach, wie gut, dass Sie kommen, Herr Boris!“
„Frau Wiesemann, haben Sie jetzt die ganze Zeit vor meiner Tür gestanden?“

„Nein! Nein!“, winkte sie ab. „Ich habe Ihr Auto ankommen sehen und bin dann gleich runter gegangen.“
„Was kann ich denn für Sie tun?“, wollte ich wissen.
„Es geht um meinen Neffen Rüdiger. Er hat Probleme.“
Ich schaute Frau Wiesemann mitleidig an und seufzte. Ihr Neffe Rüdiger war gerade erst aus dem Gefängnis entlassen worden, nachdem er wegen Hochstapelei, Titelmissbrauch und Betrug angeklagt worden war.
„Was hat er denn jetzt schon wieder angestellt?“, fragte ich sie leicht genervt.
„Gott sei Dank gar nichts. Mit ihm ist etwas angestellt worden. Er hatte einen Unfall. Ein Auto ist ihm reingefahren. Der Gegner streitet aber alles ab und sagt, dass mein Neffe schuld wäre.“
„Und was kann ich da für Sie tun?“
„Nun ja. Ich habe Angst, dass man meinem Neffen nicht glauben wird. Sie wissen ja. Vielleicht könnten Sie für ihn bürgen!“
Ich lächelte meine Nachbarin an. Sie war so eine gute Seele und hatte ihrem Neffen all seine Eskapaden verziehen. Das lag allerdings auch daran, dass er ihr letzter Angehöriger war.
Erst wollte ich ihr erklären, dass eine Bürgschaft in so einer Sache keinen Nutzen hatte, aber ich hatte plötzlich eine andere Idee. Ich griff in meine Hosentasche, holte eine Visitenkarte hervor und gab sie meiner Nachbarin: „Rufen Sie hier an und sagen Sie einen schönen Gruß von mir. Frau Doktor weiß

dann schon Bescheid."
Frau Wiesemann drückte meinen Arm und schlurfte in ihren Pantoffeln wieder rauf in ihre Wohnung.
Ich öffnete meine Tür, schloss sie hinter mir wieder und war froh, die Welt an diesem Abend einfach mal draußen zu lassen.

4. Eifersucht unter Männern

Es war ein ungewöhnlich warmer Vormittag in diesem Oktober. Ich saß mit Oliver auf einer Bank im Hof des Weinguts und war gespannt, was er zu berichten hatte. Direkt nach dem Aufstehen war ich erst kurz ins Theater gefahren, dann aber fast geflüchtet. Die Stimmung war immer noch schlecht, und ich hatte weiterhin keine Ahnung, warum. Oliver stellte uns zwei Gläser auf den Tisch.

„Schörlchen?", fragte er.

Ich sah ihn mit offenem Mund an.

„Ist noch ein bisschen früh dafür, gell?", lachte er.

„Auch!", antwortete ich, „Aber könntest du bitte dieses Wort nicht gebrauchen?"

„Stört dich das? Was hast du denn dagegen?", lachte er immer noch.

„Nichts! Benutz es bitte einfach nicht", bat ich ihn. „Eine Cola reicht völlig."

„OK!" Er salutierte vor mir, holte eine Flasche aus der Vinothek und schenkte uns ein. Zögernd begann er zu erzählen: „Sag mal, hältst du es für möglich, dass mein Vater ermordet wurde?"

Ich zuckte mit den Schultern und dachte nach. Möglich war alles, aber der alte Gimpel erschien mir immer als ein sehr integrer, korrekter Mann. Jemand, der eigentlich nie in

Schwierigkeiten kommen könnte. Auch wenn sein Weingut nicht wirklich gut lief, hatte er sich dennoch etwas aufgebaut. Auch seine sympathische Art würde mich eigentlich nicht vermuten lassen, dass es Menschen gab, die ihm irgendetwas antun wollen würden. Allerdings war es seltsam, dass er sich so merkwürdig seinem eigenen Sohn gegenüber verhalten hatte. Ich kannte mal einen Bauern in Kroatien, der zur Erntezeit Saisonarbeiter beschäftigte. Es war deutlich zu merken, dass er sie alle nicht mochte und nur ertrug, weil er sie brauchte. Zumal sie auch für wenig Geld arbeiteten. Meine Mutter kaufte hin und wieder Kartoffeln bei diesem Bauern, und ich weiß noch, dass ich die als Kind nie essen wollte. Jedes Mal bettelte ich, etwas anderes essen zu dürfen. Aus irgendeinem Grund lehnte ich diese Kartoffeln ab. Ich mochte den Bauern nicht, auch wenn er eigentlich ein freundlicher, netter Mann war.
Ein wenig erinnerte mich der alte Gimpel an diesen Bauern.

„Und? Was denkst du?" Oliver riss mich aus meinen Gedanken.
„Warum denkst du, dass es kein Unfall war?", fragte ich zurück.
„Es ist nur ein Gefühl", antwortete Oliver nachdenklich. „Vielleicht finde ich auch die Vorstellung aufregend."
„Aufregend?" Ich war verwundert. Wie konnte man es aufregend finden, wenn sein eigener Vater ermordet wurde? Die Reaktion verstörte mich ein wenig. „Du hattest kein gutes

Verhältnis zu ihm. Richtig?“
„Das kann ich schwer sagen. Wir verstanden uns schon. Aber es war anders als zum Beispiel bei den Eltern meiner Klassenkameraden früher. Vielleicht lag es auch daran, dass ich meine Mutter verloren habe. Wie konnten wir da eine normale Familie sein?“
Oliver sah in Richtung Einfahrt. Eine Frau, circa Ende fünfzig, ging mit ihrem Hund auf dem Gehweg vorbei. Ihre Haare hingen wie Sauerkraut rechts und links an ihrem Kopf herunter, und auf dem Rücken hatte sie einen großen Rucksack. Sie trug unmoderne blaue Caprihosen und ein Shirt, das eher an ein Unterhemd als an ein Damenoberteil erinnerte. Der Hund war ein graues, verwuscheltes Mischlings-Irgendetwas, der alt und behäbig vor ihr her trabte. Oliver grüßte sie mit einem freundlichen, lauten „Hallo“. Die Frau guckte nur kurz in seine Richtung und schaute ihn böse an. Möglicherweise wirkte das aber nur so, da ihre sehr schmalen Mundwinkel tief nach unten hingen. Ohne eine weitere Reaktion schaute sie wieder nach vorne und trottete weiter, während ihre Sauerkrauthaare im Rhythmus nach links und rechts wackelten. Da sie dazu auch noch O-Beine hatte, wirkte diese ganze Situation äußerst skurril.
„Wer ist diese Frau?“, fragte ich Oliver.
„Das ist Frau Bretzenheim. Sie wohnt hier irgendwo in der Nähe. Allerdings kann ich dir nicht sagen, wo genau. Sie kommt hier ständig mit ihrem Hund vorbei. Eigentlich fast

immer, wenn ich auf die Straße schaue. Sie ist seltsam. Ich habe gehört, dass sie in Mülltonnen nach Flaschen sucht."
„Aber freundlich scheint sie nicht gerade zu sein. Sie hat nicht mal zurückgegrüßt."
„Das macht nichts. Vielleicht ist sie einfach so."

Ich erzählte Oliver von meinem Onkel Miloš und dass er einmal sagte, dass ihm unfreundliche Menschen immer noch die liebsten seien. „Weißt du, Boris", hatte er einmal zu mir gesagt: „Die unfreundlichen Menschen sind wenigstens ehrlich. Psychopathen lächeln dich ständig an, und du weißt nie, wann sie dir das Messer in den Rücken rammen."
Oliver und ich lachten. „Wo du gerade von Messer sprichst", begann er wieder: „Was denkst du? Könnte mein Vater Opfer von irgendwas geworden sein?"
Ich zuckte wieder mit den Schultern. „Ich denke mal drüber nach und frage mal meinen Freund David. Er ist bei der Zeitung und hat über den Unfall geschrieben."
„... über den Mord!", korrigierte mich Oliver.
„Glaubst du wirklich, dass es ein Mord gewesen sein könnte?", fragte ich unsicher.
„Wie gesagt, es ist einfach nur ein Gefühl! Vielleicht will ich auch einfach nicht glauben, dass es ein Unfall war."
„Hat sich dieser Risikomanager gemeldet?", wollte ich wissen.
„Bisher nicht. Auch das ist seltsam. Ich habe das komische Gefühl, dass ich von ihm nichts mehr hören werde."

„Das glaube ich nicht. Er wird sicher hier aufkreuzen. Vielleicht hat er von dem Tod noch gar nichts gehört. So viel ist darüber ja auch nicht berichtet worden.“
„Dann warten wir mal ab!“, sagte er.
„Willst du ihn nicht mal anrufen? Vielleicht kann er dir hier mit den Geschäften helfen“, kam mir die Idee.
Oliver erklärte mir, dass er nicht mal die Telefonnummer von diesem merkwürdigen Menschen hätte und ihn eigentlich auch gar nicht sprechen wollte. Auf meine Nachfrage, wieso er nicht einfach mal im Büro seines Vaters nachsehen würde, wurde er nachdenklich. „Da rein zu gehen, traue ich mich nicht. Da habe ich irgendwie Angst!“, sagte er schließlich.
Ich war überrascht. Für mich wäre es das Erste gewesen, was ich getan hätte. Zumal auch irgendwie der Lebensunterhalt gesichert werden müsste, und es vielleicht auch irgendwo Unterlagen oder ein Testament geben würde.“
Warum er nun Angst hatte, wollte er nicht sagen, was ich in gewisser Weise auch verstehen konnte. So gut kannten wir uns auch noch nicht, und da wollte er wohl nicht alles von sich preisgeben.
„Soll ich dir was zu essen machen?“, fragte er, scheinbar um das Thema zu wechseln. „Ich könnte dir ein Leberwurstbrot machen. Ich esse sehr gerne Leberwurst. Ich kenne den besten Leberwurstmetzger weit und breit. Möchtest du eins? Ich mache dir gerne eins.“
Er war kaum zu bremsen.

„Nein, danke!“, wehrte ich ab.
„Kann ich dir aber sehr gerne machen. Ich würde dir auch was kochen. Allerdings bin ich da nicht so gut drin“, entschuldigte er sich.
„Du bist doch nicht meine Mutter!“, protestierte ich.
Er lachte und ich lachte mit.
Plötzlich dachte ich an die Rechtsanwältin: „Kennst du eine Frau Doktor Nadine Schnellfeld?“
Oliver überlegte: „Das ist so eine große Blonde, gell? Sie ist Rechtsanwältin und fährt immer mit einer weißen Vespa und einem weißen Helm durch die Gegend?“
Ich nickte. „Genau die meine ich. Dein Vater hat sie an meinen Caterer vermittelt“, erklärte ich ihm.
„Die war öfter hier und hat mit meinem Vater gesprochen. Allerdings weiß ich nicht, worum es da ging. Aber warum fragst du? Brauchst du ihre Hilfe? Wir haben in der Vinothek ihre Visitenkarte. Die kann ich dir geben.“
Ich lehnte dankend ab und sah auf die Uhr. „Ich muss jetzt leider zurück ins Theater. Mein Schreibtisch ist voller Arbeit, und heute Abend habe ich noch einen kurzen Auftritt“, entschuldigte ich mich.
Oliver brachte mich zu meinem Auto und bedankte sich noch einmal für meinen Besuch. „Ich habe noch einiges zu regeln, und am Wochenende möchte ich die Vinothek wieder öffnen. Ich habe zwar keine Ahnung, wie, aber es muss ja weitergehen.“

Er winkte mir nach, als ich vom Hof des Weinguts fuhr.
Auf dem Rückweg versuchte ich, David zu erreichen, aber er meldete sich mal wieder nicht. Ich hinterließ ihm eine Nachricht und fuhr ins Theater.
Als ich in mein Büro kam, sah Bettina nur kurz auf. „Die Polizei kommt gleich!“, sagte sie fast beiläufig und sortierte die Geldscheine unserer Handkasse. Das war eine ihrer Macken. Alle Scheine mussten geordnet sein und genau mit der richtigen Seite aufeinanderliegen. Dabei drehte sie die Scheine entweder einmal um sich selbst oder um einhundertachtzig Grad.
„Was wollen die von uns?“, wollte ich wissen.
„Es geht wohl um den alten Gimpel. Sie haben ein paar Fragen“, erklärte sie den anstehenden Besuch.
„Ich dachte, es wäre ein Unfall. Haben sie jetzt eine andere Vermutung?“ Ich dachte an Oliver, der mit seinem Verdacht ebenfalls nicht locker ließ.
„Was weiß ich!?“, sagte Bettina und sortierte nun Münzen. „Wir werden es ja hören.“
Wir schwiegen, und ich öffnete mein E-Mail-Programm und begann mit meiner Arbeit.
Knapp eine halbe Stunde später klopfte es an der Tür. Die beiden, mir bereits bekannten Kommissare Monzinger und Hennweiler, kamen herein, und wieder musste ich im Stillen über dieses Duo lachen. Dass noch niemand auf die Idee gekommen war, mit diesen beiden eine Sketchserie zu drehen,

war mir wirklich ein Rätsel. Der eine, klein und untersetzt, und immer ein bisschen zu wichtig. Und der andere, groß, schlaksig und ein wenig schusselig.
„Wer von Ihnen beiden ist“, begann der Lange und schaute auf seinen Block: „Frau Bettina Bergmann?“
Beide Kommissare starrten mich nun durchdringend an.
„Sehe ich so aus?“, fragte ich amüsiert zurück.
„Beantworten Sie bitte nur einfach unsere Fragen!“, sagte der Untersetzte streng.
„Ich!“, antwortete Bettina, die schnell unsere Handkasse geschlossen und zurück in den Schrank gestellt hatte, als würde sie befürchten, man könnte sie wegen Schwarzgeld überführen.
„Es heißt“, begann jetzt Monzinger in seiner wichtigen Art, „Sie wären die letzte Person gewesen, die möglicherweise mit dem Opfer Burkhardt Gimpel, Winzer und Besitzer der Vinothek ‚Gimpel‘ in Edesheim, gesprochen hätte. Was können Sie dazu sagen?“
Bettina wurde blass und setzte sich auf ihren Stuhl.
„Haben Sie die Frage verstanden?“, fragte nun Hennweiler, oder soll mein Kollege sie noch einmal wiederholen?“
Bettina blieb stumm und sah hilfesuchend zu mir. Ich nickte ihr aufmunternd zu.
Ungeduldig wiederholte Hennweiler nun selber die Frage: „Wann haben Sie das letzte Mal mit Herrn Burkhardt Gimpel, Winzer und Besitzer der Vinothek ...“ Er wurde von seinem

Kollegen Monzinger ungeduldig unterbrochen: „Wir wissen, wer Herr Gimpel ist!“, und zu Bettina: „Nun? Wir hören!“
„Kann ich einen Anwalt anrufen?“, fragte Bettina zu meiner Überraschung.
Monzinger belehrte sie, dass sie einen Anwalt hinzuziehen, aber auch schweigen könnte, wenn sie sich selber belasten würde. Und Bettina zog es erleichtert vor, nichts zur Sache sagen zu wollen.
Von dieser Reaktion waren wir alle drei überrascht.
„Wir wollten doch nur wissen, wann Sie mit Herrn Gimpel zuletzt telefoniert haben“, erklärte Hennweiler die Harmlosigkeit der Frage.
Bettina presste ihre Lippen zusammen, während Monzinger seufzend in seinem Notizblock blätterte. „Nach Aussage von Herrn Oliver Gimpel Junior haben Sie mit Herrn Gimpel Senior kurz vor seinem Tod telefoniert. Warum können Sie uns nicht sagen, ob das stimmt?“
Weil ich sah, wie Bettina sich quälte, schaltete ich mich nun ein. „Wo ist denn das Problem? Angeblich hat er doch nur nach mir gefragt. Das ist doch nicht strafbar!“, versuchte ich, sie zu einer Aussage zu bewegen.
Beide Kommissare schauten mich an. „Was haben Sie mit der Sache zu tun?“, fragte nun Monzinger interessiert.
Ich erzählte ihnen, was sich an diesem Vormittag zugetragen hatte, und schloss damit, dass Bettina mich mit der Nachricht empfing, dass der alte Gimpel telefonisch nach mir gefragt hatte.

„Sehr interessant!“, sagte Hennweiler und machte sich eifrig Notizen.
„Und warum konnte sie uns das nicht sagen?“, schimpfte sein Kollege.
„Weil es nicht stimmt!“, gab Bettina zögernd zu.
Erneut überraschte mich Bettina an diesem Mittag.
„Was heißt das: Das stimmt nicht?“, fragte ich sie erstaunt.
„Es stimmt nicht!“, wiederholte sie noch einmal. „Der alte Gimpel hat nicht angerufen!“, gestand sie.
„Also, haben Sie Herrn Burckhardt Gimpel, Winzer und Besitzer...“, Monzinger legte seinem Kollegen eine Hand auf den Arm, damit er seine Opferbeschreibung unterbrach. „Heißt das, ein Telefonat zwischen Ihnen und Herrn Gimpel hat nie stattgefunden?“, fragte er meine Assistentin.
Bettina nickte stumm.
Ich merkte, dass nicht nur die beiden Kommissare perplex waren. „Warum hast du das dann mir gesagt?“, fragte ich verärgert.
„Wir stellen hier die Fragen!“, belehrte mich der lange Hennweiler mit einem drohenden, spitzen Finger, aber niemand beachtete ihn. Gespannt warteten Monzinger und ich auf ihre Antwort.
„Ich hatte mich an dem Morgen geärgert!“, erklärte Bettina, „Immer bekomme ich hier alles ab. Kollegen beschweren sich, Schauspieler und Künstler meckern hier im Büro, und dann bekomme ich dauernd die verärgerten Anrufe, weil

der immer zu spät ist!“ Sie streckte den Zeigefinger direkt in meine Richtung.
„Ich bin nie zu spät!“, protestierte ich.
„Waren Sie an diesem besagten Tag pünktlich?“, wollte Hennweiler wissen.
„Das tut doch nichts zur Sache!“, belehrte Monzinger seinen Kollegen.
„Ja, da war ich mal zu spät“, gab ich zu.
„Und deswegen haben Sie den Anruf erfunden?“, fragte Monzinger sicherheitshalber noch einmal nach.
Bettina nickte stumm.
„Dann ist für uns hier erst einmal die Befragung zu Ende!“, sagte Hennweiler, und die beiden Kommissare verabschiedeten sich. Im Rausgehen bat Monzinger Bettina noch, sich für weitere Fragen zur Verfügung zu halten.
Die beiden hatten die Tür kaum geschlossen, als ich auch schon los schimpfte. Ich ärgerte mich, dass uns meine Assistentin mit so albernen Kindereien vor diesen dümmlichen Kommissaren blamiert hatte und fragte sie, warum sie sich mir gegenüber nicht schon früher geäußert hätte, wenn sie sich schon über mich ärgerte.
Statt einer Antwort stand auch Bettina auf und verließ wortlos das Büro. Ich seufzte und hatte zum ersten Mal im Leben das Gefühl, doch besser auf meine Mutter gehört zu haben. Immer wieder hatte sie mich gebeten, eine Stelle beim kroatischen Finanzamt anzunehmen. So oft musste ich mir

ihre Argumente dazu anhören: „Dann kennst du alle Tricks, und dein Großcousin Franjo wäre nie im Gefängnis gelandet!“

Mein Handy klingelte und Davids Nummer stand im Display. Ich meldete mich und freute mich, ihm von meinem kuriosen Tag zu erzählen. Doch er unterbrach mich gleich und entschuldigte sich, dass er in Eile wäre. Er erkundigte sich, ob ich etwas Wichtiges hätte, und ich fragte ihn, ob er etwas Auffälliges in der Sache „Gimpel“ entdeckt hätte, das auf einen Mord oder Ähnliches hinweisen könnte.
„Du, für uns ist die Sache durch. Wir haben da nichts weiter zu erfahren!“, bedauerte er und bat, das Telefonat zu beenden.

Da Bettina noch nicht zurück war und ich abends noch einen Kurzauftritt bei einer Comedy-Mix-Show hatte, nahm ich meine Jacke und meinen Autoschlüssel und wollte nach Hause fahren. Auf dem Weg nach draußen ging ich noch einmal in den Theatersaal, um zu sehen, wer noch im Haus war. Der Saal war dunkel und leer. Vermutlich fanden Proben heute erst am Abend statt. Als ich durchs Foyer ging, begegnete mir Clemens. Er kam direkt auf mich zu, blieb vor mir stehen und musterte mich. „Na!“, sagte er mit einem spöttischen Ton: „Du hast aber auch schon mal besser ausgesehen!“
„Gut aussehen muss man nur, wenn man sonst nichts kann!“, antwortete ich trocken.
„Ui! Ui! Ui!“, er hob abwehrend seine Hände. „Warum denn

gleich so persönlich?“
„Wer hat denn angefangen?“
„Du wolltest mich sprechen, habe ich gehört?“ Er wirkte ein wenig angriffslustig.
„Das stimmt. Aber nicht jetzt! Ich bin heute mit allem verspätet. Ich habe heute Abend noch einen Auftritt, vorhin war die Polizei im Haus, und heute Morgen war ich schon in Sachen Gimpel unterwegs“, entschuldigte ich mich.
Mit meinen letzten Worten entspannte sich sein Gesicht und bekam fast schon etwas Weiches, Trauriges. „Gott, der Burkhardt. Schlimme Sache. Wirklich schlimme Sache. Mal sehen, wie alles ausgehen wird!“
Wieder einmal hatte ich das Gefühl, dass Clemens über Informationen verfügte. Wo auch immer er sie schon wieder herhatte. Direkt sprach ich ihn darauf an: „Kannst du mir etwas zu der Sache erzählen? Du scheinst mehr darüber zu wissen.“
„Das stimmt. Aber nicht jetzt!“, zitierte er mich grinsend, „Ich bin heute auch mit allem verspätet. Ich habe heute Abend noch einen Termin!“
Er drehte sich um, ging in Richtung Ausgang, winkte nur kurz im Rausgehen und ließ mich stehen.
Auch ich verließ das Theater und machte mich auf den Weg zu meinem Auto. Unterwegs bekam ich eine Nachricht von David. „Morgen Abend ‚Kanne‘?“, schrieb er.
„19:00 Uhr?“, fragte ich zurück.

Kurz danach sendete er ein „Daumen hoch" und ich fuhr nach Hause.
Die Mixed-Show am Abend lief gut. Ich freute mich, wieder mit ein paar Kollegen spielen und so Menschen wieder mal zum Lachen bringen zu können. Das Lachen, der Applaus, die strahlenden Gesichter – all das war immer für mich wie eine seelische Tankstelle. Es konnte im Theater noch so schwierig sein – organisatorisch wie zwischenmenschlich – wenn ich auf der Bühne stehen und spielen konnte, dann war das wie ein sechswöchiger Urlaub.

Der nächste Tag war relativ unauffällig. Bettina hatte ihren freien Tag, und im Theater war es ruhig. Erfreulicherweise konnte ich eine Menge Arbeit erledigen und freute mich auf einen Abend mit meinem alten Freund David in der „Kanne".
Punkt neunzehn Uhr betrat ich unsere Stamm-Weinbar und sah, dass David bereits da war. Als er mich entdeckte, schaute er auf die Uhr: „Na schau mal an! Unser großer Theatermacher. Immer pünktlich auf die Minute!"
„Was das anbelangt, gehen die Meinungen aber im Moment weit auseinander", antwortete ich auf seine Bemerkung und setzte mich auf den Stuhl ihm gegenüber.
„Was ist denn los?", fragte David fast schon besorgt. „Dicke Luft?"
Ich erzählte ihm, was sich in den Tagen im Theater zugetragen hatte. Auch er konnte kaum glauben, dass sich Bettina so

verhalten hatte, hatte aber Verständnis für sie.
„Du bist immer für die anderen!“, protestierte ich.
„Gar nicht!“, beschwerte sich David, „Aber das Mädel ist doch völlig überarbeitet. Du musst sie mal zwei Wochen in Urlaub schicken.“
„Das versuche ich doch dauernd“, erklärte ich ihm, „Aber entweder denkt sie, ich wolle sie nur loswerden, um meine Ruhe vor ihr zu haben, oder aber sie hat Angst, dass ich in der Zeit das Büro so auf den Kopf stelle, dass sie nichts mehr wiederfindet, wenn sie zurückkommt.“
„Und mit beidem hätte sie recht!“, scherzte David.
Ehe ich protestieren konnte, kam Justus zu uns. „Schörlchen?“, fragte er grinsend.
Ich nickte nur stumm und Justus verschwand wieder in Richtung Theke.
„Was bist du denn heute so gut gelaunt?“, fragte ich David.
„Das ist der Grund, warum ich mich mit dir treffen wollte.“
Ich war gespannt. Meistens hatte mein bester Freund spannende Geschichten oder interessanten Klatsch zu erzählen, aber heute schien es besonders aufregend zu sein.
„Du erinnerst dich doch, dass wir vor drei Wochen dieses Treffen mit der Redaktion vom ‚Heidelberger Morgen‘ hatten“, begann er.
„Nein! Das erinnere ich nicht. Ich glaube, das hast du mir nicht erzählt!“, überlegte ich.
„Habe ich nicht?“ David war verwirrt. „Ich bin fast sicher. Wir

waren doch zur Brauereibesichtigung in Bellheim. Habe ich das wirklich nicht erzählt?“

„Nein!“, wiederholte ich, während Justus meine Schorle brachte, „Das ist das Erste, was ich höre. Aber erzähle ruhig weiter.“

„Jedenfalls waren wir zur Brauereibesichtigung in Bellheim. Und da war diese nette Layouterin. Wir haben die ganze Zeit zusammen gequatscht und gelacht. Und dann wollte sie wissen, ob ich mich in der Region auskenne. Ich sagte ihr dann, dass ich die Pfalz ganz gut kennen würde, und was sie denn wissen wolle. Da sagte sie, dass sie aus Würzburg käme und jetzt in Heidelberg wohnen würde. Und dann fragte sie mich, ob wir uns mal treffen könnten.“ Davids Wangen fingen an, verdächtig zu glühen.

„Und was hast du geantwortet?“, fragte ich, ahnend, wie die Antwort lautete.

„Ich habe sie gefragt, was ihr denn vorschweben würde“, erzählte er weiter. „Da zuckte sie mit den Schultern und sagte: ‚Was gibt es denn noch für Sehenswürdigkeiten hier – außer dir?‘, und dann lachte sie, weil sie sich versprochen hatte. Sie wollte eigentlich sagen ‚außer Bier‘. Ist das nicht lustig?“

David war völlig aus dem Häuschen und lachte sich erneut kaputt.

„Und dann?“, fragte ich.

„Und dann haben wir uns getroffen. Gestern. Und jetzt sind wir sowas wie ... sagen wir: Zusammen!“

Er erhob sein Glas, prostete mir zu, und ich prostete zurück.
Die Nachricht traf mich fast wie ein Blitz. Ich bemühte mich, fröhlich zu sein und mich für David zu freuen. Wir kannten uns schon Jahre, und er hatte eigentlich so gut wie keine Beziehungen. Für mich war er der typische Single. Solche Leute gibt es. Menschen, die sich irgendwie nie binden wollen und Freude an ihrer Freiheit haben. Im Laufe meines Lebens hatte ich einige davon kennengelernt. Männer wie Frauen. Alle genossen es, machen zu können, was sie wollten. Und bei David genoss ich, dass er fast immer für mich Zeit hatte. Obwohl das, seit seinem Wechsel zur „Pfälzischen Rundschau", auch weniger geworden war.
Aber jetzt machte ich mir Sorgen, dass David wahrscheinlich noch weniger Zeit hätte als bisher schon. Ich merkte, dass mir dieser Gedanke total missfiel. Natürlich gönnte ich meinem besten Freund alles Glück der Welt und vor allem eine nette Frau und eine fantastische Beziehung, aber ein bisschen Sorge machte ich mir wegen unserer Freundschaft.
Mein Handy vibrierte, und ich sah auf dem Display, dass eine WhatsApp-Nachricht angekommen war.
„Wer schreibt da?", fragte David, der in Feierlaune war: „Doch hoffentlich nicht das Theater. Ich würde gerne noch eine Schorle mit dir kippen."
„Die ist von Oliver. Er fragt, ob ich morgen für ihn Zeit habe."
„Welcher Oliver?", fragte David interessiert.
„Der Sohn vom alten Gimpel. Wir haben uns ein wenig

angefreundet."
„Fein!", freute sich David. „Der Arme kann sicherlich ein bisschen Gesellschaft gebrauchen. Soweit ich weiß, hat er nicht so viele Leute in seinem Umfeld. Schön, dass du dich ein bisschen um ihn kümmerst."
David schien keine Sorge zu haben, dass unser reger Kontakt vielleicht ein wenig eingeschränkt werden würde, wenn ich nun auch etwas mehr mit Oliver zu tun hätte. Das störte mich ein wenig. Vielleicht, weil ich mich im Grunde doch ein wenig über seine neue Beziehung ärgerte. Ich ließ die Sache erst einmal, wie sie war, und wechselte das Thema.
„Kennst du zufällig eine Firma namens ‚RIMIKO Value'?", fragte ich ihn.
„Nie gehört. Was soll das sein?"
Kurz erzählte ich ihm, was mir Oliver über diesen Risikomanager erzählt hatte.
David hörte zu und runzelte die Stirn: „Hast du die Firma mal gegoogelt?"
Ich nickte.
„Und?", fragte David weiter.
„Ja, nichts! Sonst würde ich ja nicht fragen."
„RIMIKO Value", wiederholte David. „Seltsamer Name. Bist du sicher, dass die Firma so heißt?"
„Ja, absolut. Jedenfalls ist sich Oliver sicher. Er hatte sogar eine Art Eselsbrücke."
David versprach, sich über seine Redaktion mal umzuhören

und mir Bescheid zu geben, sobald er etwas erfahren hatte. Wir plauderten noch ein wenig über dies und jenes und machten uns dann beide auf den Weg nach Hause.
Ich war gerade in meiner Wohnung angekommen, als ich eine Nachricht von Bettina bekam. In einer kurzen WhatsApp schrieb sie, dass sie am nächsten Tag nicht zur Arbeit kommen könne. Auf meine Rückfrage, was denn der Grund wäre, antwortete sie nicht. Ich sah zwar, dass sie meine Nachricht gelesen hatte, aber alles blieb still.
Da ich zum Schlafen noch zu wach war, nahm ich eine angebrochene Flasche Rotwein und ein Glas und setzte mich in den Sessel. Was war nur auf einmal los? Warum waren alle so seltsam? Und warum war alles so seltsam? Ich trank das Glas aus und hoffte, dass die Welt sich bald wieder normalisieren würde.

Aber das tat sie leider noch nicht, denn als ich am nächsten Tag in mein Büro kam, war Bettina tatsächlich nicht da. Dafür wurde im Theatersaal wieder fleißig geprobt. Wenigstens etwas, dachte ich.
Ich nahm mein Handy und versuchte, Bettina telefonisch zu erreichen. Aber unter ihrer Festnetznummer meldete sie sich nicht. Ich probierte es unter ihrer Handynummer, aber auch dort ging niemand ran. Mir war klar, dass sie mich offensichtlich nicht sprechen wollte, und so ging ich in die Einstellungen meines Handys und ließ meine Nummer für

den nächsten Anruf unterdrücken. Wieder wählte ich, und nach dem fünften Klingeln ging tatsächlich jemand ran: „Ich bin nicht doof!", hörte ich ihre vertraute Stimme schimpfen.
„Würdest du bitte ins Büro kommen!?", bat ich sie.
„Nein!", antwortete sie bockig.
„Wir müssen reden! Heute! Jetzt! So geht das doch nicht weiter!", versuchte ich, an ihren Verstand zu appellieren.
„Nein!", sagte sie wieder.
„Na gut!", antwortete ich und beschloss, zu meiner stärksten Waffe zu greifen: „Dann werde ich mit Frau Hartmann gleich die Schränke hier ausräumen und alles sauber machen. Allerdings weiß ich nicht, ob du dann anschließend noch irgendetwas wiederfindest!" Mit diesen Worten legte ich kommentarlos auf.
Es dauerte keine halbe Stunde. Die Tür flog auf und Bettina stand im Büro. Sie war feuerrot im Gesicht. „Wehe!", drohte sie mir mit dem Finger fuchtelnd. „Lass bloß die Hände von den Schränken!" Sie warf ihre Tasche auf den Schreibtisch und startete ihren Computer. Grimmig starrte sie mich an.
„Nun? Was möchtest du mir sagen?", fragte sie mit einem leicht provozierenden Ton.
„Könntest du bitte damit aufhören?", begann ich. „Ich kann mich nicht erinnern, dass ich irgendjemandem etwas getan hätte. Aber alle benehmen sich, als wäre ich an der Erschaffung der Welt schuld."
Bettina wollte gerade etwas sagen, aber ich wehrte ab: „Du

kannst gleich alles sagen!“, stellte ich ihr in Aussicht und sprach dann weiter: „Vor allem ärgert es mich, dass niemand mal vernünftig mit mir redet. Ich habe immer gedacht, wenn man ein Problem mit mir hat, dann könnte man das mit mir direkt und persönlich regeln. Aber, dass man mich so anschweigt und nur das Nötigste mit mir spricht, finde ich unfair.“

Erwartend sah ich meine Assistentin an.

„Bist du jetzt fertig?“, antwortete sie fast patzig.

Ich seufzte und schwieg.

„Also, hör zu!“, begann sie, und ich war neugierig, was ich denn nun Schlimmes verbrochen hätte.

„Mich ärgert es, dass du immer alles versprichst und nichts hältst!“, warf sie mir zu meiner Überraschung vor.

„Ich tue was nicht?“, fragte ich empört zurück, doch dieses Mal wehrte sie ab: „Lass mich ausreden!“, sagte sie und ich schwieg.

„Dauernd sagst du, dass du was erledigen willst, und machst es dann nicht, und dann bleibt immer alles an mir hängen!“

„Was habe ich denn nicht erledigt?“, fragte ich protestierend zurück.

„Was ist denn mit der Sache mit Clemens? Du hast versprochen, dass du ihn im hohen Bogen rausschmeißt! Aber, nein! Er ist immer noch da.“

In meinem Gehirn versuchte ich mich verzweifelt daran zu erinnern, wann ich das gesagt haben sollte. Ich erinnerte mich

nur, dass ich mit ihm sprechen wollte, aber von „im hohen Bogen“ war nach meiner Erinnerung nie die Rede. Schnell versuchte ich eine Erklärung zu finden, warum ein Rauswurf derzeit keinen Sinn machen würde, und dachte an Oliver. „Weil wir ihn vielleicht noch wegen des Todes vom alten Gimpel brauchen können.“
Bettina war überrascht. „Der alte Gimpel?“, fragte sie spöttisch. „Was hat der denn damit zu tun?“
„Der ist ermordet worden!“, sagte ich selbstsicher und wunderte mich, wie glaubhaft das klang. Triumphierend sah ich meine Assistentin an, die langsam den Mund öffnete. „Der alte Gimpel?“, fragte sie ungläubig, „Ermordet?“
Zufrieden nickte ich.
„Und wie ich dich kenne, fängst du schon wieder an, dich in die Arbeit der Polizei einzumischen!“, sagte sie mit leicht glühenden Wangen.
„Was wirst du denn gleich so rot vor Aufregung?“, warf ich ihr vor.
„Ich will alles wissen, was du darüber weißt!“, bat sie und fragte gleich weiter: „Fahren wir mal da hin? Ich würde mich da mal gerne umsehen. Hast du schon was ermittelt?“
Es machte mir viel Freude zu sehen, dass Bettina irgendwie wieder die Alte wurde. Ich erzählte alles, was ich bisher wusste und was bekannt war. Ein bisschen enttäuscht war sie schließlich, weil sie hoffte, dass der Mord ein wenig eindeutiger war.

„Was hast du jetzt vor?“, fragte sie mich.
„Ja, das weiß ich eigentlich auch noch nicht so genau“, gab ich zu.
„Sollen wir mal das Büro vom alten Gimpel auf den Kopf stellen?“, fragte sie aufgeregt.
„Bist du verrückt?“, fragte ich zurück, „Wie sollen wir das denn machen?“
„Da habe ich schon eine Idee! Lass uns doch da mal hinfahren“, bettelte sie.
Zögernd stimmte ich zu. Ein Besuch könnte so oder so nichts schaden, vielleicht fielen ihr noch ein paar Fragen ein, die Oliver uns vielleicht beantworten könnte.
„Wann fahren wir?“ Bettina schien nicht zu bremsen. „Am Wochenende?“
„Das geht nicht. Ich fliege am Samstag nach Kroatien“, erinnerte ich sie.
Bettina schlug sich gegen die Stirn. „Ach ja, der sechzigste Geburtstag deiner Tante!“
Ich lachte laut und auch erleichtert auf. In unserem Büro schien das Stimmungsbarometer wieder auf „Normal“ zu stehen.
„Warum lachst du so?“, fragte Bettina irritiert.
„Weil du mal etwas vergessen hast. Das habe ich so lange nicht mehr erlebt!“
Sie stand auf und kam auf mich zu. „Komm mal her“, sagte sie und umarmte mich kurz.

„Keine Sentimentalitäten", wies ich sie gespielt zurecht. „Wir müssen noch über deine Lüge bei der Polizei sprechen."

„Ach, was!", lachte nun auch sie. „Lass es uns vergessen!"

Mein Handy brummte. Es war David, der sich per WhatsApp meldete und fragte, ob wir uns in der nächsten Woche treffen wollten. Ich schrieb ihm zurück, dass ich ab Samstag ein paar Tage zu Hause in Kroatien wäre und im Augenblick nicht abschätzen könnte, wie die nächste Zeit aussehen würde. Im Übrigen wäre da noch die bevorstehende Premiere, und außerdem wollte ich mich noch ein wenig um Oliver kümmern. Ich bat ihn, in den nächsten Tagen einen Termin bei Bettina zu machen, und legte das Handy zur Seite.

Es klopfte an der Tür und Clemens kam in unser Büro. Er wirkte heiter und vergnügt und setzte sich ungefragt auf einen Stuhl.

„Guten Tag, Clemens!", sagte Bettina ironisch. „Komm rein, Clemens! Setz dich doch, Clemens! Ach, ist ja alles schon passiert."

Er ignorierte sie und wandte sich direkt an mich: „Eine Sensation", begann er, und sein Gesicht zeigte deutlich, dass er es genoss, dass ich keinerlei Ahnung hatte, welche große Neuigkeit er verkünden wollte.

„Klopstock!", sagte er wieder in seiner typischen, dramatischen Art, und Bettina und ich seufzten laut. Missbilligend sah er Bettina an und sprach dann wieder in meine Richtung: „Klopstock hat bald seinen dreihundertsten Geburtstag."

Bettina prustete los: „So alt ist der schon? Lebt der noch???"
Wieder sah Clemens sie missbilligend an und sprach dann wieder zu mir: „Ich habe mit seiner Enkelin gesprochen. Sie hat zugestimmt!"
„Wozu?", fragte ich zurück.
„Das rätst du nie!"
Und da war wieder einer dieser Redewendungen, die ich nicht leiden konnte. Meine Mutter war darin auch eine Meisterin. Da klingelt beispielsweise mein Telefon, ich melde mich, und das Erste, was sie sagt, ist „Weißt du, wer gestern hier war? Das rätst du nie!"
Ja, das rät man auch nie. Vor allem, weil die Antwort dann so unerratbar ist, dass man wirklich nie draufkommen kann. Denn mit „Tante Biljana" oder „Onkel Miloš" brauche ich erst gar nicht anzufangen. Die Antwort war meistens so etwas wie: „Erinnerst du dich an das Mädchen, mit dem ich damals in die Schule gegangen bin? Die mit den schwarzen Haaren? Die habe ich seit der letzten Klasse nicht mehr gesehen. Und gestern stand sie einfach vor der Tür."
Ich sage dann: „Mama! Erstens war ich nicht mit dir in der Schule, weil ich da noch nicht geboren war, und zweitens gibt es einhundertfünfzig Milliarden Frauen mit schwarzen Haaren in Dalmatien."
All das ging mir durch den Kopf, während Clemens mir stolz erzählte, dass er die Enkelin des „berühmten Dichters" Klopstock angeschrieben und gebeten hätte, ihm die Erlaubnis

für einen großen Kulturabend zu geben.
Bettina stand von ihrem Stuhl auf und ging amüsiert in Richtung Bürotür: „Ich bin dann mal im Theater", grinste sie mich schadenfroh an, da sie wusste, dass ich nun mal wieder versuchen musste, ihm diesen Abend in unserem Theater auszureden. Doch leider gelang mir das in keiner Weise. Clemens beharrte auf seinem „Klopstock-Abend", und ich beharrte auf die Wünsche des Publikums, das dieser Form der Kunst bei uns leider nichts abgewinnen konnte.
In dieser Sekunde war es auch mir zu viel. Ich dachte an Bettina und an Kai-Jakob, an die vielen Abende, wo unser Theater finanziell draufgelegt hatte, und vor allem an unser aller Nervenkostüm.
Ich holte tief Luft und sagte mutig: „Es tut mir leid, Clemens. Wir werden deine Abende ohnehin alle einstellen!"
Erstaunt sah er mich an. Sagte aber nichts.
„Wir haben mit Gimpels Vinothek bald so viel zu tun, dass wir die Kulturförderungen, die wir für deine Abende bekommen, nicht mehr benötigen. Wir müssen mit der Zeit gehen. Das Publikum wünscht sich andere Dinge."
Im Geiste klopfte ich mir selbst, für diesen Mut, auf die Schulter. Clemens stand langsam auf und kam auf mich zu. „Das glaube ich nicht!", sagte er ruhig. „Der alte Gimpel ist tot. Da werdet ihr nichts mehr veranstalten können!", erklärte er fast schon drohend.
„Ja", antwortete ich ihm mit einer schnellen Ausrede, „aber

Oliver und ich haben noch ganz andere Pläne auf dem Weingut. Da kann ich jetzt nicht drüber sprechen. Du wirst sicher noch davon hören."
Triumphierend stand ich ebenfalls auf und sah ihm nun direkt ins Gesicht.
Clemens lächelte mich an und ging in Richtung Tür. Theatralisch wie er war, drehte er sich kurz vorher um und lächelte. „Das glaube ich nicht, dass dein Oliver das tun wird."
„Wieso nicht!?", fragte ich neugierig.
„Weil der alte Gimpel sein Testament damals bei mir in der Kanzlei gemacht hat. Wenn sich dein Oliver am Ende mal nicht zu sehr wundern wird."
Ich war überrascht. Bluffte Clemens nur? Oder kannte er wirklich den Inhalt des Testaments?
Krampfhaft versuchte ich, mir nichts anmerken zu lassen, und lächelte ebenfalls. „Wir werden ja sehen!"
„Das werden wir, mein Lieber!", sagte er. „Das werden wir!"
Er drehte sich theatralisch zur Tür um, die in diesem Moment von außen geöffnet wurde. Es rummste, und sie knallte gegen Clemens' Kopf.
„Aua!", sagte er nur schlicht und ging an der verwirrten Bettina vorbei, die gerade versucht hatte, ins Büro zu kommen.
„Hab ich ihm jetzt die Tür vor den Kopf geknallt?", grinste sie schadenfroh.
„Das hast du", bestätigte ich ihr. Und selten habe ich Bettina so zufrieden erlebt.

Ich erzählte ihr, was Clemens über das Testament gesagt hatte, und versprach, dass wir am nächsten Tag zusammen auf das Weingut fahren würden.

Es wurde Freitag, und Bettina und ich machten uns gegen Mittag auf den Weg zum Weingut der Gimpels. Als wir gerade auf den Innenhof des Weinguts einbiegen wollten, kam uns ein Auto entgegen. „Wow!", entfuhr es Bettina, die recht angetan beim Anblick dieses Mercedes AMG war, der nun an uns vorbeifuhr, sodass ich meinen Wagen in den Hof steuern konnte.

Als Oliver uns sah, kam er direkt auf uns zu. Galant öffnete er, nachdem ich geparkt hatte, Bettina die Tür. Sie stellten sich gegenseitig höflich vor, und ich hatte für einen kurzen Moment den Eindruck, dass Oliver meine Assistentin recht attraktiv fand. Bettina bemerkte das natürlich auch und gab sich, zu meiner Überraschung, mal ganz charmant.

Da das Wetter immer noch sonnig und schön war, setzten wir uns nach draußen. Oliver holte Gläser und fragte Bettina aufgeregt, ob sie vielleicht ein Glas Sekt trinken wolle. Dankend lehnte sie, mit Hinweis auf die frühe Tageszeit, ab.

„Was war denn das für ein Wagen eben? War das der Manager?", fragte ich Oliver, während er uns Cola einschenkte.

„Nein, das war Herr Rodenbach. Einer der Arbeiter bei uns auf dem Weingut. Er ist bei der Lese so eine Art Vorarbeiter. Mein Vater hatte ihn dazu ernannt."

„Und dann fährt er so einen Wagen?“ Bettina war völlig entgeistert.
„Er ist eben sehr fleißig. Findest du das schlimm?“, fragte er sie.
„Ich habe nichts gegen Leute, die fleißig sind. Aber wenn sie zu fleißig sind, damit es alle merken ... ich weiß nicht“, antwortete sie, und wir lachten.
„Was führt euch eigentlich zu mir?“, fragte Oliver.
„Wir stören doch hoffentlich nicht?“, fragte Bettina ganz galant zurück, und ich verschluckte mich fast an meiner Cola, weil ich sie noch nie so liebreizend und höflich erlebt hatte.
„Ganz und gar nicht!“, protestierte Oliver. „Soll ich dir mal ein bisschen was zeigen? Du warst doch noch nie hier.“
„Auch den Weinkeller?“, fragte sie fast aufgeregt.
„Wenn es dir nichts ausmacht, würde ich den gerne auslassen. Ich bin seit ... ihr wisst schon ... nicht mehr unten gewesen“, vertraute Oliver uns an.
„Geht mal ruhig!“, forderte ich beide auf. „Ich warte hier auf euch.“
Oliver führte Bettina in das Gebäude, während ich draußen einen Moment die Sonne und die Ruhe genoss. Als ich zum Eingang guckte, sah ich wieder die Frau mit dem Hund. Sie ging langsam mit ihren O-Beinen vorbei und zog ihren Hund hinter sich her. Verstohlen schaute sie kurz in den Hof. Während ich sie so vorbeiwatscheln sah, klingelte mein Handy. Die Nummer im Display war mir fremd. Ich meldete

mich förmlich und war überrascht, als ich die Stimme der Frau Doktor am anderen Ende hörte. „Hallo, Mister Boris“, begrüßte sie mich. „Ich wollte mich noch einmal für die Vermittlung bedanken. Ihr Rüdiger ist ja schon ein ganz interessanter Mann. Wussten Sie, dass er Berater von Politikern im Bundestag in Berlin war?“

„Nein, das wusste ich nicht!“, antwortete ich wahrheitsgemäß und konnte nicht glauben, dass der Neffe meiner Nachbarin offensichtlich wieder angefangen hatte, sein Hobby als „Hochstapler“ aufzunehmen.

„Ich wollte Ihnen nur danken“, sagte Frau Doktor dann. „Vielleicht sehen wir uns ja mal wieder beim Metzger!“ Sie lachte und legte auf.

Ich schüttelte den Kopf und amüsierte mich. Sie war schon eine originelle Person. Und was Rüdiger für ein Mensch war, das würde sie schon noch herausfinden.

Kurz darauf kam Oliver alleine aus der Vinothek. Verwundert fragte ich nach meiner Assistentin: „Wo hast du denn Bettina gelassen? Steht sie schon hinter der Theke und spült?“

Er lachte. „Nein, sie ist nur kurz zur Toilette.“

„Apropos spülen. Machst du morgen wieder auf? Du wolltest doch Samstag wieder öffnen“, erinnerte ich ihn.

„Nein, ich lasse noch zu!“, erklärte er mir. „Es ist noch zu früh. Ich muss das erst noch in Ruhe organisieren. Es sei denn, du hilfst mir. Dann mache ich morgen wieder auf.“

Zu Olivers Bedauern erklärte ich ihm, dass ich nach Kroatien

fliegen würde und dort ein paar Tage bliebe. Er schien darüber recht enttäuscht zu sein: „Dann warte ich, bis du wieder da bist und öffne dann erst wieder.“
Mitleid überkam mich. Dieser erwachsene Mann, der wie ein unschuldiger Junge war, der offensichtlich niemanden hatte, wirkte wie ein einsamer Hund, der einen Herrn suchte.
„Jetzt bin ich erst einmal weg, dann sehen wir weiter“, vertröstete ich ihn und war froh, dass Bettina zurückkam.
„Wir müssen los!“, sagte Bettina und streckte Oliver die Hand zum Abschied entgegen, die er schüttelte und erst einmal nicht mehr losließ. Bettina lächelte ihn lieblich an, und mir wurde bei so viel Zuckerguss schlecht. „Komm jetzt!“, bat ich sie, und wir machten uns auf den Weg zum Auto.
„Am Montag bin ich beim Notar“, sagte Oliver, kurz bevor wir in das Auto stiegen. „Mein Vater hat dort sein Testament hinterlegt. Es wird da eröffnet. Kann ich dich per WhatsApp erreichen?“
„Warum nicht!?“, fragte ich ihn.
„Naja“, zögerte er und nahm seine Brille ab. „Du bist doch in Kroatien. Hat man da Internet?“
„Sicher!“, lachte ich. „Auch elektrisches Licht und fließend Wasser.“ Ich schlug ihm auf die Schulter und stieg ins Auto.
Er winkte uns auf der Straße nach, bis ich ihn im Rückspiegel nicht mehr sehen konnte.
Wir waren keine Minute gefahren, da platzte es aus Bettina auch schon heraus: „Mit dem stimmt was nicht!“, war sie sich

sicher.
„Mit Oliver?“, fragte ich vorsichtshalber zurück.
„Ich könnte mir glatt vorstellen, dass der was mit dem Mord zu tun hat“, sagte sie zu meiner Überraschung.
„Wie kommst du denn darauf?“
„Er ist nicht traurig. Er geht nicht in den Keller und macht sich irgendwie keine Sorgen um seine Zukunft. Das ist alles sehr verdächtig“, erklärte sie mir ihre Gedanken.
„Hmmm...“, machte ich. „Da könnte schon was dran sein.“
„Der Manager heißt übrigens Koll und kommt aus Heidelberg.“
Ich fuhr den Wagen rechts an die Seite und bremste. Skeptisch sah ich Bettina an. „Woher weißt du das?“
„Ich habe ein bisschen im Büro seines Vaters gewühlt, da habe ich ein paar Unterlagen gefunden. Aber ich konnte mir keinen Reim darauf machen. Es waren Rechnungen ohne Absender und Anschrift. Größere Beträge. Da war er als Ansprechpartner in Vertretung für den alten Gimpel genannt.“
„Kompliment, Miss Marple“, entfuhr es mir.
„Den Computer konnte ich nicht einsehen, der ist passwortgeschützt.“
„Und was weißt du noch?“, wollte ich wissen.
„Leider nicht mehr. Ich wollte nicht so lange bleiben, damit es nicht auffällt. Aber eines ist mir klar. Das war kein Unfall!“
Wir fuhren zurück ins Theater und überlegten uns verschiedene Motive und Täter, und ich ärgerte mich, dass ich

am nächsten Tag nach Kroatien musste. Ich setzte Bettina im Theater ab und fuhr nach Hause.

Es war achtzehn Uhr, und ich stand hilflos in meinem Schlafzimmer. Mittlerweile packte ich zum dritten Mal meinen Koffer um. Zwar lebt man in Kroatien gerne einfach, aber dennoch muss man sehr aufpassen, was man dort anzieht. Zum einen ist Markenkleidung Pflicht, zum anderen muss man auch darauf achten, dass man für jede Gelegenheit das Richtige trägt. Denn wenn man zwei Mal morgens den Müll im Schlafanzug rausbringt, ist es am nächsten Tag in der gesamten Region Mode.
Endlich hatte ich alles, was ich mitnehmen wollte, beisammen, schloss meinen kleinen Koffer und freute mich dennoch auf ein paar Tage bei meiner Mutter, meiner Familie und meinem zweiten Zuhause.

5. Typisch Kroatien

Als ich vor ein paar Jahren bei Google mal etwas suchen wollte, gab ich in das Suchfeld „Split“ ein, und sofort schlug mir die Suchmaschine ein paar Fragen vor, die wahrscheinlich andere User mehrfach eingegeben hatten. So war die erste Frage, die ich dort lesen konnte: „Ist Split schön?“ Zum ersten Mal machte ich mir tatsächlich auch darüber Gedanken. Natürlich war Split schön. Es war meine eigentliche Heimat. Die Stadt, in der ich groß geworden bin, in der ich als Kind gespielt habe, in der meine Mutter sich Sorgen gemacht hatte, wenn ich krank war, wo der Rest meiner Familie lebte und wohin ich jetzt im Flugzeug flog. Übrigens war die Google-Antwort auf diese Frage: „Split ist das perfekte Reiseziel für all jene, die sich nicht zwischen Städtereise und entspannten Stunden am Strand entscheiden möchten. Denn abseits der Altstadt bezaubert die Hauptstadt Dalmatiens mit herrlichen Stränden, Beach Bars und dem puren Badevergnügen.“ Und genau so ist es dort.

Pünktlich landete die Maschine, und wieder war ich überwältigt von dem einmalig tollen, aber kleinen Flughafen, mit seinem riesengroßen Dach und dem vielen Glas. Mein Bruder wartete am Gate, und ich auf meinen Koffer. Als der endlich über das Band lief, eilte ich nach draußen und freute

mich, meinen Bruder wiederzusehen.
Auf dem Weg zu meinen Eltern redeten wir beide fast die ganze Fahrt zeitgleich aufeinander ein. So freuten wir uns, dass wir uns endlich mal wieder sahen. So lange, bis wir vor dem Haus meiner Eltern parkten.

Mein Onkel Miloš war mit seiner Frau zu Besuch bei meinen Eltern. Als er hörte, dass ich kam, wollte er selbstverständlich als Empfangskomitee zur Verfügung stehen. Meine Mutter hatte wie immer eine Schürze umgebunden und begrüßte mich mit den Worten: „Boris! Wie siehst du aus? Du isst zu wenig. Ich habe Cevapcici gemacht." Und in diesem Moment war ich wirklich angekommen.
Mein Vater trabte aus dem Wohnzimmer ebenfalls nach draußen und lachte. „Bilde dir bloß nichts ein!", sagte er zu meiner Begrüßung. „Du kennst deine Mutter! Sie macht immer Cevapcici. Manchmal sage ich ihr: Mach mir Eisbein! So wie in Deutschland! Und weißt du, was sie dann macht?"
Ich lachte und antwortete: „Sie holt einen Eisbeutel und legt ihn dir auf den Unterschenkel!"
Ich habe es immer gesagt: Den Humor habe ich von meiner Familie.
Der erste Tag verging viel zu schnell. Wir hatten mittags gegessen und saßen danach ein wenig zusammen auf der Terrasse. Mein Bruder hatte sich lange verabschiedet, da er noch etwas Wichtiges mit seiner Frau zu besprechen hatte,

und so ging ich am Nachmittag alleine an den Strand. Es war wunderschön, mal wieder die Meeresluft zu atmen.
Vor allem war ich froh, dass ich weit weg von Deidesheim, dem Theater und allen Problemen war. Zum Glück konnte ich mich auf meine Crew wie immer verlassen.

Am Abend saßen mein Onkel Miloš und ich mal wieder auf der Terrasse und wir genossen die Ruhe.
„Ich glaube, ich möchte etwas trinken", sagte ich zu meinem Onkel. Sofort sprang er auf und ging ins Haus. Verwundert sah ich ihm nach. Einen kurzen Moment später kam er mit zwei Wassergläsern und einer Glasflasche zurück, in der eine durchsichtige Flüssigkeit war. Er drehte den Deckel auf und schenkte uns beiden ein.
„Was ist das?", fragte ich skeptisch.
„Das ist Slivovic. Goran hat ihn gebrannt. Er ist sehr gut!", antwortete er und wollte mir zuprosten.
Ich roch an dem Glas und verzog angewidert das Gesicht: „Das ist ja purer Alkohol. Davon wird man ja blind!", sagte ich empört.
„Was willst du?", fragte mein Onkel vorwurfsvoll zurück, „Du wolltest doch was trinken?"
„Ja, aber ich dachte an einen Espresso?"
„Espresso?", fragte er entsetzt. „In diesen Puppentässchen? Das ist nicht Trinken! Das ist Mundspülen!"
Wir mussten beide lachen, und ich nahm einen kleinen

Schluck von Gorans Slivovic, der zu meiner Überraschung besser schmeckte, als ich dachte.
Wir schwiegen wieder einen Moment, als meine Mutter aufgeregt auf die Terrasse kam.
„Jebote! Eine Katastrophe!“, rief sie und warf die Arme in die Luft.
„Was ist denn jetzt schon wieder?“, fragte mein Onkel genervt.
„Boris! Dein Bruder will ein Kind bekommen!“, erklärte sie aufgeregt.
„Das ist keine Katastrophe!“, bemerkte Onkel Miloš, „sondern ein Wunder. Männer können keine Kinder bekommen. Höchstens Vater werden. Und das ist schlimm genug“, sagte er, zwinkerte mir zu und ergänzte: „Bei euch furchtbaren Frauen!“
Wir mussten wieder lachen. Aber meine Mutter fand das alles andere als lustig.
„Was ist denn daran so schlimm? Es ist doch schön, wenn sie ein Kind wollen. Er ist alt genug, und beide haben genug Geld!“, verteidigte ich meinen Bruder.
„Was daran schlimm ist?“ Meine Mutter schien die Welt nicht mehr zu verstehen. „Boris! Ich will keine Oma werden!“
Mein Onkel schüttelte verständnislos den Kopf: „Was hast du für ein Problem? Du bist alt genug für eine Oma!“, bemerkte er trocken.
„Das hat doch nichts mit dem Alter zu tun!“, erklärte sie, „Aber wenn du eine Oma bist, dann bekommst du einen

Zusatz zu deinem Namen, und das will ich nicht!“
Mein Onkel und ich sahen uns ratlos an. Da meine Mutter unsere Blicke sofort richtig interpretierte, fragte sie mich aufgeregt: „Wie hießen deine Omas?“
„Oma Labin und Oma Mastrinka“
„Und warum?“, fragte meine Mutter eindringlich.
„Weil die eine in Labin und die andere in Mastrinka wohnte. So konnten wir sie auseinanderhalten“, erklärte ich, immer noch nicht wissend, worauf sie hinaus wollte.
„Da hast du es! Man bekommt einen Zusatz! Die Kinder von Marta sagen zu ihren Omas ‚Oma Dolly‘ und ‚Oma Lotta‘. Stell dir das mal vor!“
„Was ist daran so schlimm?“, wollte ich wissen.
„Die eine hat ein Pferd, es heißt ‚Dolly‘, und die andere hat ein Schwein, das heißt ‚Lotta‘. Ich will kein Schwein sein!“ Sie wirkte völlig verzweifelt.
„Dann kauf dir eine Schlange, und alles ist gut“, sagte mein Onkel trocken.
Meine Mutter schüttelte verärgert ihren Kopf und ging ins Haus.
„Ich sage doch, Frauen sind furchtbar.“ Onkel Miloš trank sein Glas aus: „Aber leider sind sie Voraussetzung für Enkel!“
Wir schwiegen wieder und genossen weiter die Stille. Jedenfalls so lange, bis meine Mutter wieder auf der Terrasse erschien: „Seht, wen ich hier habe. Matej ist da. Er wollte Boris ‚Guten Tag‘ sagen.“

Onkel Miloš und ich begrüßten den Sohn der Freundin meiner Mutter, der hier in der Region ein paar gut gehende Tanzschulen besaß.
„Ich komme zu dir nach Deidesheim“, sagte er zu meiner Überraschung.
„Was ist der Grund?“, wollte ich wissen.
„Es gibt eine Tanzmeisterschaft bei euch in der Nähe. Da möchte ich gerne hin.“
„Was willst du auf einer Tanzmeisterschaft?“, fragte mein Onkel. „Du tanzt schrecklich. Du hast O-Beine. Die Leute werden dich fragen, wo dein Pferd geblieben ist!“
Matej ignorierte ihn und fragte, ob ich ihm ein gutes Hotel für eine Woche empfehlen könnte.
„Hm!“, überlegte ich, „Was willst du denn anlegen? Von Jugendherberge bis zum Luxushotel haben wir alles im Angebot.“
Ohne zu zögern, hatte er seine Entscheidung getroffen: „Wenn ich schon mal in der Weltstadt Deidesheim bin, dann will ich auch was davon haben. Was kostet denn so ein Luxusbunker bei euch?“
„Nun, wenn du etwas richtig, richtig Schönes haben willst, dann so circa zweihundertfünfzig Euro ohne.“
„Ohne was?“, fragte er irritiert. „Ohne Bett!?“
Onkel Miloš lachte laut auf: „Ohne Frühstück, du Star-Gast.“
Mein Onkel bekam sich überhaupt nicht mehr ein. Matej ignorierte ihn wieder und überlegte kurz. „Zweihundertfünfzig

für eine Woche klingt gut."
Wieder lachte mein Onkel: „Bist du jemals weiter als Sarajevo gekommen? Das ist der Preis pro Nacht. Zweihundertfünfzig pro Woche!? Du bist kein Star-Tänzer, du bist ein Traumtänzer!"
Matej war beleidigt. „Wir können morgen bei der Feier deiner Tante noch mal sprechen!", sagte er zu mir. Und mit Blick auf meinen Onkel: „Der alte Alki ist sowieso nach dem Mittagessen voll. Da haben wir Ruhe."
Er ging ohne ein weiteres Wort, und mein Onkel winkte ihm grinsend hinterher.
„Was hast du gegen ihn?", fragte ich Miloš.
„Nichts! Aber er ist eingebildet und aufgeblasen. Ich mag so Leute nicht gern. Er denkt immer, er wäre ein bekannter Geschäftsmann, dabei hat er nur Glück gehabt."
An dieser Stelle widersprach ich ihm. Ich kannte Matej seit Jahren und wusste, dass er sehr viel gearbeitet hatte für seinen Erfolg. In der ersten Zeit hatte er eine Art Tanzkurse bei Feiern gegeben. Und so hat er sich immer weiter hochgearbeitet.
Mein Onkel war manchmal Menschen gegenüber ungerecht, aber das machte mir nicht so viel aus, denn er hatte oft auch viele gute Ratschläge und Weisheiten, die mir oft im Leben geholfen haben.
Auch jetzt hatte er wieder etwas Kluges für mich auf Lager.
„Weißt du, welche Menschen mich am allermeisten stören?"
Ich schüttelte den Kopf und wartete gespannt auf seine

Ausführung.
„Die, die zu wenig über die Konsequenzen ihres Handelns nachdenken.“
„Da gibt es aber mehr als genug von“, warf ich ein. „Ist nicht fast jeder so?“
„Mag sein!“, gab mein Onkel zu. „Aber ich will trotzdem mit ihnen nichts zu tun haben. Sie sind egoistisch und nicht in der Lage, einen Schritt vorauszudenken. Manchmal denken sie sich was aus, was sie für eine grandiose Idee halten, ohne zu überlegen, dass das vielleicht einem anderen schaden könnte.“
Mühsam versuchte ich, seinem Gedankengang zu folgen. Wie immer, wenn er mir eine seiner Weisheiten erzählte, versuchte ich ein plastisches Beispiel aus meinem direkten Umfeld zu finden. Aber hier stand ich leider auf dem Schlauch.
Ich ließ meinen Onkel Onkel sein und ging noch einmal zum Strand. Es waren trotz der Jahreszeit immer noch um die achtzehn Grad, und die Luft roch so schön und der Wind wehte leicht.
Ich spazierte an meinem Lieblingsstrandcafé, dem „Kavana Ovčice“, vorbei, als mich Toma zu sich winkte. Toma war ein Kellner im „Kavana Ovčice“, den ich schon seit meiner Kindheit kannte. Ich ging auf die Terrasse des Cafés, und wir begrüßten uns herzlich. „Schöschen?“, fragte er mich.
Im ersten Moment verstand ich nicht, was er meinte. Freudig aufgeregt wiederholte er: „Schöschen?“
Und auf einmal begriff ich. „Du meinst Schörlschen!?“, lachte

ich. „Woher kennst du denn dieses Wort?“
„Von deinem Freund und meinem Kollegen Justus in Deutschland. Er war im Sommer hier. Du hast ihm unser Café empfohlen.“
Fast war ich ein bisschen gerührt. Sich willkommen zu fühlen und Freunde zu haben, ist das Beste, was einem Menschen passieren konnte. Toma führte mich zu einem schönen Tisch und holte eine Flasche Wein. „Das ist kein Touristenglück“, zwinkerte er mir zu und schenkte ein Glas ein. Der Wein schmeckte hervorragend und ich fühlte mich wieder einmal weit weg von allem.
„Wie lange hast du Zeit?“, fragte Toma.
Ich sah auf die Uhr. „Bis Mitternacht auf jeden Fall. Ich muss morgen auf den Geburtstag meiner Tante.“
Er lachte. „Ich wollte wissen, wie lange du hier in Kroatien bleibst.“
Ich erzählte ihm, dass ich am Dienstag wieder zurückfliegen müsste und wir uns gerne noch mal treffen könnten. Vor allem, weil er eine der nettesten Frauen, abgesehen von meiner Mutter, von ganz Kroatien zur Freundin hatte. Nika war eine wirklich klasse Frau. Unkompliziert, lustig, schlagfertig, hübsch und wenn sie wollte, konnte sie einen locker unter den Tisch trinken.
Gerade wollte ich Toma fragen, wie es ihr ginge, da brummte mein Handy. Es war eine Nachricht von Bettina.
„Sorry, wenn ich störe, aber hast du in den letzten zwei

Tagen die Vorverkaufszahlen für die Premiere von ‚Elektriker kennen keinen Kurzen' gesehen?"
„Nein", antwortete ich knapp und wurde leicht nervös.
„Einundvierzig und die nächsten Vorstellungen sehen auch nicht besser aus!", schrieb sie zurück.
Kurz schrieb ich ihr, dass ich mich am Montag melden würde, da ich von Kroatien aus im Moment ohnehin nichts tun könnte. Toma merkte, dass etwas nicht stimmte, und setzte sich zu mir.
„Reci mi! Što ima?", fragte er mich. Und mir war klar, dass ich nun erklären musste. Denn wenn ein Kroate sagt „Erzähl! Was ist los?", dann will er es auch wissen, und so musste ich erzählen. Alles das, was ich in den letzten Wochen erlebt hatte. Die komische Stimmung im Theater, die Probleme mit Clemens, diese seltsame neue Freundschaft mit Oliver, die Freundin von David und natürlich die Sorge wegen der Weinproben, die nun ein großes Loch in unsere Kasse reißen würde.
Toma hatte sich alles in Ruhe und geduldig angehört, und das, obwohl sein Chef bereits zwei Mal gerufen hatte, dass er gefälligst zu arbeiten hätte. Nachdem ich fertig war, stand er kurz auf, ging zu ihm, und ich hörte, wie er ihm sagte: „Boris hat Probleme. Da muss ich auch mal zuhören. Ich habe seit fünf Stunden keine Pause gemacht. Wenn es dir nicht passt, dann mach deine Arbeit hier selber."
Oh Gott, dachte ich erschrocken. In Deutschland wäre er jetzt

fristlos gekündigt worden. Nicht so in Kroatien. Sein Chef kam mit ihm zu mir, klopfte mir auf die Schulter und sagte: „Alles wird wieder gut. So lange der Esel frisst, ist Heu im Stall!“, dann ging er wieder. Auch wenn Toma keine Lösung für meine Probleme hatte, war ich dankbar für einen schönen Abend unter echten Freunden.

Er stand auf und nahm vom Nebentisch ein paar leere Gläser und ging zur Theke. Ich griff in die Tasche und holte mein kleines Notizbuch hervor. Das hatte ich immer und überall bei mir, weil ich mir darin alles notierte, was mir wichtig erschien. Das konnten kleine Witze sein, die mir einfielen, oder Sprüche, die ich irgendwo aufschnappte, oder einfach Gedanken, die mir in den Kopf schossen. Als Toma an mir vorbeiging, bat ich ihn um einen Stift, und wenige Minuten später reichte er mir einen Kugelschreiber. Ich sah aufs Meer und dachte noch einmal über den Verlauf von allem, was seit Gimpels Tod passiert war, nach. Angenommen, er wäre wirklich nicht auf natürliche Weise gestorben, wer könnte alles Täter sein? Ich notierte als Erstes diesen Risikomanager und den Mitarbeiter mit dem teuren AMG. Die Frau Doktor erschien mir albern, aber ich notierte sie. Oliver? Es fiel mir schwer, mir vorzustellen, dass er seinen eigenen Vater … Aber im Leben war alles möglich. „Da kann deine Tante deine Oma sein!“, sagte Miloš immer. Dennoch konnte ich mir beim besten Willen nicht vorstellen, dass Oliver der Täter wäre. Als Kompromiss schrieb ich nur „O.“ auf die Liste und schloss das

Buch. Mehr Namen hatte ich zu diesem Zeitpunkt tatsächlich nicht. Zurück in Deutschland würde ich umgehend anfangen, mehr Personen zu finden, die für eine Tat in Frage kämen.
Viel zu spät kam ich nach Hause und beeilte mich, gleich zu Bett zu gehen, damit ich zum Geburtstag meiner Tante fit war.

Das lang geplante Großereignis verlief relativ unspektakulär. Familie, Freunde und Bekannte waren gekommen, und es wurde viel gegessen und getrunken. Zur Freude meiner Tante machte ich ein kurzes Comedy-Stand-Up von dreißig Minuten, und die Gäste hatten viel Spaß. Selbst mein Onkel Miloš kam danach zu mir und drückte mir anerkennend die Hand. Es freute mich natürlich sehr, dass es ihm gefallen und er so viele lobende Worte für mich übrig hatte. Zumal so viel Emotionalität gar nicht zu ihm passte. Als er allerdings sagte: „Am besten war das mit dem Ehemann, der seine Frau betrogen hat.“, lächelte ich tapfer und bedankte mich. Etwas in dieser Art hatte ich eigentlich gar nicht im Programm. Aber so war man nun mal hier.
Ich sah, wie Miloš weiterging und zu einem Mann sagte: „Wie fandest du meinen Neffen? Er ist ein großer Star in Deutschland. Jetzt sag! Wie hat es dir gefallen?“
Und der Mann sagte: „Er war großartig. Die Nummer mit der Oma war die beste! Du hast einen tollen Neffen.“
Sicher hätte ich mich über das Lob ebenfalls freuen sollen, doch auch über eine Oma hatte ich nichts erzählt. Es war fast

schon komisch.
Für einen Moment ging ich vor die Tür, um etwas frische Luft zu schnappen. Nach wenigen Minuten hörte ich Schritte. Ich drehte mich um und sah Matej. „Du bist echt gut! Das hätte ich nicht gedacht“, lobte er meinen Kurzauftritt.
Artig bedankte ich mich. „Aber du wolltest mit mir noch etwas besprechen.“, erinnerte ich ihn.
„Wegen des Hotels. Könntest du da was klar machen für mich? Bitte etwas, was nicht so teuer ist. Ich muss im Moment ... du verstehst?“
„Aber gestern hast du doch noch gesagt, du wolltest was springen lassen.“
„Ja, das war gestern. Weil dein Onkel dabei war“, erklärte er.
Natürlich ahnte ich, dass etwas im Busch war. Die Tanzschulen von ihm liefen eigentlich hervorragend und hatten den besten Ruf, aber an der Art, wie er rumdruckste, wusste ich, dass er Probleme hatte. Diplomatisch schlug ich ihm ein schönes, gemütliches und auch preiswertes Hotel in Deidesheim vor. Ich holte mein Notizbuch aus der Tasche und notierte ihm den Namen des Hotels, riss den Zettel heraus und gab ihn ihm. Dabei bemerkte ich, dass ich den Kugelschreiber, den Toma mir auf der Terrasse des Strandcafés gegeben hatte, noch immer besaß.
Matej bedankte sich höflich und machte ein nachdenkliches Gesicht. Vielleicht hätte ich ihn fragen müssen, was er für Probleme hatte. Aber ich hatte mit meinen eigenen genug zu

tun, so dass ich mir das ersparen wollte.
Wir gingen zurück zur Geburtstagsparty und es wurde ein wirklich schöner Nachmittag und Abend.
Am nächsten Tag schrieb ich Oliver eine Nachricht, in der ich ihm viel Glück bei der Testamentseröffnung wünschte. Kurze Zeit später berichtete er, zu meiner Überraschung, dass der Termin abgesagt wurde. Es gäbe Unklarheiten mit dem Testament und daher müssten noch ein paar Sachen mit dem Notar besprochen werden, der es zu der Zeit damals aufgenommen hatte. Das Problem sei allerdings, dass der nicht so schnell zu erreichen wäre. Und so lange nicht klar sei, was er genau erben würde, dürfe und könne er nichts planen.
Clemens! Schoss es mir durch den Kopf. Wieso war er nicht erreichbar? Die Sache war mehr als rätselhaft. Wenn der nicht gelogen hatte, war er es doch, der das Testament damals mit dem alten Gimpel gefertigt hatte.
Nervös wählte ich Clemens‘ Nummer, aber er meldete sich nicht. Um keine Zeit zu verlieren, schickte ich ihm eine Nachricht mit der Bitte, sich zu melden. Ich sah an den zwei blauen Haken, dass er sie empfangen und gelesen hatte, aber er reagierte nicht.
Nach kurzer Überlegung schickte ich noch einmal eine Nachricht an Oliver: „Ruf mal Frau Doktor Schnellfeld an. Vielleicht kann sie irgendwie helfen.“
Zwar hatte ich keine Ahnung wie, aber es war vielleicht eine Möglichkeit.

Zu gerne wäre ich direkt zurück nach Deutschland geflogen, aber ich hatte meiner Mutter versprochen, bis Dienstag zu bleiben.
Mit meinen Eltern machten wir einen Ausflug und eine Shopping-Tour und gingen abends noch im „Kavana Ovčice“ eine Kleinigkeit essen. Ich hatte mir diesen Abschluss noch gewünscht, weil ich mich auch noch von Toma verabschieden wollte. Es war wie immer urgemütlich mit meiner Familie, und ich musste versprechen, dass ich bald wiederkommen würde. Die Stimmung, bevor ich zurück nach Hause fuhr, machte mich immer leicht sentimental, so dass ich aufpassen musste, nicht zu viel zu trinken. Zum einen wollte ich nicht verkatert am nächsten Tag in das Flugzeug steigen, und zum anderen drückt Alkohol meistens auf meine Stimmung.
Mein Vater hatte gerade die Rechnung bezahlt, als Toma mit einer Flasche in der Hand zu uns kam. Er stand an unserem Tisch und winkte mich hoch. Ich stand auf, und er umarmte mich. „Wein. Nimm ihn mit nach Deutschland und trink ihn mit deinen Freunden. Und grüß Justus von mir. Wenn ich euch mal besuchen komme, dann trinken wir Schöschen.“
„Schörlchen!“, korrigierte ich ihn und wir verabschiedeten uns mit herzlicher Umarmung, wie es gute, alte Freunde nun mal machen.

Als wir zurück bei meinen Eltern waren, setzte ich mich noch ein wenig auf die Terrasse. Es war nun doch kühl geworden,

und ich war froh, als meine Mutter mir eine Decke brachte. Sie legte sie mir auf den Schoß, lächelte mich stumm an und ließ mich allein. Kurz darauf hörte ich, dass so spät noch Besuch gekommen war. Es war Onkel Miloš. Er kam zu mir auf die Terrasse, griff in seine Hosentasche, holte ein Feuerzeug heraus und zündete das Windlicht an.
„Warum sitzt du hier im Dunkeln?“, fragte er.
„Einfach so!“, antwortete ich. „Es ist so ein schöner Abend und morgen fliege ich wieder.“
„Ich weiß, deswegen bin ich noch einmal rübergekommen. Was ist das für ein Wein?“, fragte er und zeigte auf Tomas Flasche, die auf dem Tisch stand.
„Es ist ein Geschenk. Ich nehme sie morgen mit nach Hause.“
Mein Onkel nahm die Flasche und sah sich das Etikett an. Er neigte den Kopf kurz hin und her und nickte schließlich. „Možes piti!“ zu deutsch: Kann man trinken! Das ist bei ihm das höchste Kompliment, das man bekommen kann.
„Možes piti!“ oder „Možes jesit! - kann man essen.“
Meine Mutter machte das immer völlig wahnsinnig, wenn sie sich bei einem Familienfest zusammen mit ihrer Schwester in der Küche so viel Mühe gegeben hatte, und mein Onkel nur sagte: „Hmmm, možes jesit!“

„Was gibt es Neues bei dir?“, fragte er wie immer interessiert an allem, was ich aus Deidesheim zu berichten hatte. Und so erzählte ich ihm von Oliver und seinem Vater. Und vor allem,

dass mit seinem Tod irgendetwas nicht stimmen könnte.
„Und wer war es?“, fragte er.
„Ich weiß es nicht“, antwortete ich ihm. „Er war so ein netter Mensch. Ich habe absolut keine Ahnung.“
„Gastronome sind alles Verbrecher! Da kannst du keinem trauen!“ Er nickte, als wollte er damit dem Wahrheitsgehalt seiner Aussage noch ein Ausrufezeichen hinten anstellen.
„Du kannst nicht alle über einen Kamm scheren“, wandte ich ein. „Außerdem war dein Cousin Gastronom!“
„Deswegen war Franjo auch im Gefängnis!“, erinnerte er mich und bestätigte sich gleich wieder selber: „Ich hab doch gesagt: Alles Verbrecher!“
Ich gab’s, wie so oft, auf. Im Gegensatz zu meinem Onkel.
„Erzähl mir, was er für ein Mann war, und ich sage dir, wer der Täter war“, begann er wieder.
Amüsiert versuchte ich, ihm den alten Gimpel zu beschreiben. Miloš legte den Kopf leicht nach hinten, hörte aufmerksam zu und überlegte dann konzentriert.
Nach einer Weile schien er eine Idee zu haben, denn er setzte sich aufrecht und sah mich durchdringend an. „Pass auf!“, er hob wichtig den Zeigefinger. „Dieser Gimpel hatte eine Affäre mit der Frau seines besten Freundes. Und der Freund ist hinter die Sache gekommen. Dann wollte er den Gimpel aufsuchen und zur Rede stellen. Aber der Gimpel wollte nicht sprechen. Dann hat sein Freund ihn die Treppe runtergeschubst und ist abgehauen!“ Zufrieden lehnte er sich wieder zurück und sah

mich erwartungsfroh an.
Es fiel mir schwer, mich ernst zu halten, und ich lachte schließlich los. „Das ist doch Unsinn. So was gibt es nur in schlechten Theaterstücken!"
„Spielst du in deinem Theater so was?"
„Manchmal", lachte ich weiter.
„Dann ist es nicht schlecht!", sagte er in tiefem Ernst.
„Warum nicht?", fragte ich neugierig.
„Weil du ein Spitzentheater hast! Und du würdest nie schlechte Stücke spielen lassen." Für einen Moment dachte ich, dass er auch eine sentimentale Seite hatte, aber sofort kam er wieder auf seine Theorie zurück: „Und? Was meinst du? Könnte es sich so zugetragen haben?"
Ich schüttelte den Kopf: „Ich glaube nicht. Ich glaube, der alte Gimpel hatte nicht mal einen besten Freund."
Jetzt lachte auch mein Onkel. „Weißt du", sagte er, „so wie du ihn mir geschildert hast, hat er einen Kontrollzwang. So Leute müssen immer die Fäden in der Hand halten, alles wissen und wollen ständig den Überblick behalten. Das sind Freaks. Da kann jeder der Täter sein."
Es war mittlerweile spät geworden, und ich wollte zu Bett. Miloš und ich verabschiedeten uns herzlich, und ich bedankte mich bei ihm für all seine Ratschläge und Weisheiten und versprach ihm, ihn auf dem Laufenden zu halten.

Die Verabschiederei ging am nächsten Tag weiter. Wie immer

in unserer Familie, kurz und schmerzlos. Das hatten wir schon vor Jahren vereinbart. Kein Geheule und kein Geschluchze. Freuen, dass wir uns gesehen haben, und freuen, dass wir uns bald wiedersehen. Mein Bruder brachte mich zum Flughafen und pünktlich hob die Maschine in Richtung Frankfurt ab.
Als ich nach der Landung mein Handy wieder einschaltete, sah ich auf dem Display eine Nachricht von Bettina: „Ich warte am Ausgang!“ Zu meiner Überraschung holte sie mich ab.
„Ist irgendetwas mit Clemens?“, fragte ich meine Assistentin, als sie gerade aus dem großen Parkhaus fahren wollte.
„Er ist krank!“, erklärte sie, während sie versuchte, den Parkschein in den Automaten mit der Schranke zu schieben.
„Krank?“, fragte ich, „Was fehlt ihm denn?“
„Das sagt er nicht!“, antwortete Bettina, die weiterhin versuchte, die Karte in den Schlitz zu bekommen.
„Wieso sagt er das nicht?“ Die Sache kam mir seltsam vor, erklärte aber, warum Clemens weder für Olivers Notar noch für mich zu erreichen war.
Bettina hatte mittlerweile die Autotür geöffnet und war mit einem Fuß aus dem Wagen gestiegen. Mit ausgestreckter Hand versuchte sie weiterhin ihr Glück mit der Karte. Aber ihre Arme waren immer noch zu kurz.
„Wenn die Scheiße nicht bald da rein geht, fahre ich denen die Schranke ab!“, schimpfte sie laut. Dann zog sie das Bein wieder rein, knallte die Autotür zu und legte den Rückwärtsgang ein.
„Du weißt schon, dass sich hinter uns bereits eine Schlange

gebildet hat?“, fragte ich sie vorsichtig.
„Natürlich!“, antwortete sie forsch, drückte ununterbrochen auf die Hupe und fuhr langsam rückwärts. Ich schloss die Augen.
Als ich sie wieder öffnete, fuhr sie gerade wieder vorwärts und somit näher an den Automaten. Ich betete, dass wir endlich aus diesem Parkhaus herauskommen konnten, ohne dass jemand die Polizei anrief.
Endlich schaffte sie es, die Parkkarte einzuschieben, und die Schranke öffnete sich.
„Geht doch!“, grinste sie und fuhr in die Freiheit. „Ich soll dich übrigens grüßen!“, sagte sie dann.
„Von wem?“
„Von deiner Frau Doktor!“, antwortete sie, während sie nun den Wagen über die Autobahn jagte.
„Wieso ‚meine Frau Doktor‘?“, bat ich um eine Erklärung über diese ironische Bemerkung.
„Oh, ich dachte, ihr seid befreundet“, erklärte sie.
„Nicht, dass ich wüsste. Wieso habt ihr gesprochen?“
„Wir haben telefoniert. Dein Oliver hat mich angerufen“, berichtete sie weiter.
„Könntest du das mal lassen?“, bat ich sie leicht verärgert.
„Was?“, fragte sie ahnungslos zurück.
„Das mit dem ‚dein‘ und ‚deine‘. Die Leute sind nicht mein Besitz. Warum hat Oliver dich angerufen?“
Bettina erklärte, dass er sie gebeten habe, bei der

Rechtsanwältin anzurufen und ihr die Sachlage mit dem Testament zu erklären, da er nicht gerne telefonieren würde.
„Das ist doch widersinnig", stellte ich fest. „Wenn er nicht gerne telefoniert, warum ruft er dann dich an?"
„Mich mag er eben", kokettierte sie.
„Hat er das gesagt?", fragte ich misstrauisch.
„Eine Frau merkt das auch so", sagte sie theatralisch und musste selber lachen. „Aber im Ernst, er hatte gehofft, dass sie vielleicht eine Möglichkeit sieht, die Weinproben doch zu veranstalten."
„Und? Sieht sie eine?" Ich war gespannt.
„Das wissen wir noch nicht. Sie will sich melden."
Etwas enttäuscht nahm ich das zur Kenntnis, freute mich aber, dass Oliver ernsthaft versuchte, die Veranstaltungen zu ermöglichen.

Wir kamen im Theater an, und ich betrat wieder mein Büro. Bei jeder Rückkehr, wenn sie auch noch so kurz war, hatte ich jedes Mal die seltsame Hoffnung, dass eine große Girlande mit „Herzlich willkommen" im Raum hängen würde und überall Heliumballons an der Decke klebten. Auch fand ich, dass ich so ein bis drei Geschenke auf meinem Schreibtisch erwarten könnte. Aber stattdessen lagen auf meinem Schreibtisch Probleme. Der Kostenvoranschlag von Leander für das Premierenbuffet war gekommen, und er war um ein Drittel höher als vereinbart. Ratlos sah ich Bettina an: „Weißt du was darüber?“

Sie schüttelte mit dem Kopf.

„Ich fahre heute Nachmittag noch mal zu ihm und werde ihn fragen, was da los ist. Der ist doch sonst so gewissenhaft.“

Das Telefon klingelte, und Bettina ging, mir zunickend, ran. Es war ein kurzes Gespräch, das sie mit der Person am anderen Ende führte, denn sie nickte nur und sagte „Kläre ich! Kein Problem!“ Dann legte sie auf.

„Wer war das?“, fragte ich neugierig.

„Das waren die Hebingers“, erklärte sie. „Sie wollten sich nur mal vergewissern, ob wir die Hotelrechnung von dreihundertzweiundvierzig Euro übernehmen. Da hat irgendein Ausländer angerufen. Er würde dich kennen und käme zu einem Marathon oder so ähnlich.“

Matej! Schoss es mir durch den Kopf. Dieser Fuchs. Da hat er wirklich versucht, ein Zimmer auf meine Kosten in dem Gasthof zu buchen, den ich ihm empfohlen hatte. Offensichtlich hatte er aber die Rechnung ohne unser Dorfleben gemacht. Hier passte immer noch jeder auf jeden auf.

„Zahlen wir das?“, fragte Bettina misstrauisch.

„Nein!“, sagte ich resolut. „Wenn Matej hier hinkommen will, dann muss er seinen Kram auch selber zahlen. Ich habe ihn nicht eingeladen!“

„Ich bewundere deine Konsequenz!“, sagte Bettina ehrlich anerkennend.

Aber wir beide ahnten noch nicht, dass das Thema „Hotelbuchung“ so schnell nicht beendet sein würde. Eben, typisch Kroatien.

Während Bettina nun der Pension mitteilte, dass wir die Übernachtungskosten von Matej nicht tragen würden, sah ich weiter meine Unterschriftenmappe durch. Als ich bei der Seite mit den Vorverkaufszahlen für unser neues Stück ankam, war ich für einen Moment regelrecht geschockt. Es schien, als hätten unsere Zuschauer überhaupt kein Interesse an der Komödie. Nicht einmal die Premiere war ausverkauft. Ein Umstand, den ich mir überhaupt nicht erklären konnte.
Nachdem Bettina mit dem Inhaber der Pension gesprochen hatte, legte sie den Hörer auf und sah mich an.
„Würdest du das bitte lassen?“, bat ich sie.
„Was denn?“, fragte sie ahnungslos.
„Mich so anzustarren!“
„Ich vermute, du sinnierst gerade über die Eintrittskarten“, mutmaßte sie.
„Haben wir PR gemacht?“, wollte ich mich noch einmal rückversichern.
„Natürlich! Zeitung ist gelaufen, Radio und Plakate und Flyer sind auch verteilt.“
Ratlos sah ich auf die Zahlen. „Hast du eine Idee, woran das liegen könnte?“, fragte ich meine Assistentin.
„Keine einzige“, sagte sie und zuckte mit den Schultern.

„Es ist alles wie eine Verschwörung. Das Team benimmt sich merkwürdig, Clemens verschwindet, der Vorverkauf bricht ein, Leander wird viel teurer, die Weinproben finden nicht mehr statt. Das ist doch alles merkwürdig."
„Da ist was dran", stimmte mir Bettina zu.
Ich stand auf, nahm meine Jacke und meine Autoschlüssel und beschloss, um nicht komplett den Überblick zu verlieren, erst einmal das Problem mit Leander zu lösen. Ich wollte zu ihm fahren und ihn fragen, wie er dazu gekommen war, von jetzt auf gleich die Preise so dermaßen zu erhöhen.
Als ich beim Parkplatz vor unserem Theater ankam, war mein Wagen, zu meiner Überraschung, nicht auf seinem Platz. Verdutzt schaute ich mich um und ging dann eilig zurück ins Büro.
„Das ging aber schnell!", begrüßte mich Bettina irritiert.
„Weißt du, wo mein Auto ist?", fragte ich besorgt.
„Ich habe keine Ahnung. Wie bist du denn vor dem Abflug nach Kroatien zum Flughafen gekommen?"
Nun fiel mir ein, dass mein Auto immer noch in der Nähe des Flughafens stand. Genervt schlug ich mir vor die Stirn. „Ich habe es in Kelsterbach am Bahnhof geparkt und bin dann eine Station mit der S-Bahn gefahren. Und weil du mich abgeholt hast, habe ich das völlig vergessen."
„Ach! Jetzt bin ich es wieder schuld!", sagte Bettina in dieser patzigen Art.
„Das hat doch kein Mensch gesagt!", protestierte ich. „Warum

bist du denn in der letzten Zeit so empfindlich? Ich wollte doch nur erklären!“
„Sollen wir es eben holen?“, bot sich Bettina nun an.
„Lass mal! Ich frage Oliver, ob er mich hier abholt und fährt. Dann können wir unterwegs ein bisschen was erzählen.“
Ich nahm mein Handy und schickte Oliver eine Nachricht. Zum Glück meldete er sich umgehend zurück und machte sich direkt auf den Weg. Kaum zwanzig Minuten später stand er vor dem Theater. Er begrüßte mich fröhlich und bat mich, gleich einzusteigen, damit wir direkt losfahren konnten.
Oliver fuhr auf die Autobahn 65, und so schnell es der Berufsverkehr zuließ, ging es in Richtung Flughafen. Als Erstes erkundigte ich mich direkt bei ihm, wie es um den Fortbestand des Weinguts stand und was nun genau beim Notar vorgefallen war.
„Du machst dir wieder Sorgen um deine Veranstaltungen, gell?“, sagte Oliver gespielt ernst, und ich merkte gleich, dass er mich nur aufziehen wollte.
„Ach, Mann! Du hast mich ertappt!“, spielte ich den Scherz mit.
„Aber ich habe doch eigentlich Recht, oder?“, fragte er nun weniger gespielt.
Kurz war ich verunsichert. „Du machst doch Spaß mit mir!?“
„Wieso? Ist es denn nicht so?“
Nervös sah ich ihn von der Seite an. Natürlich ging es mir auch um die Weinproben, aber auch um seine Situation. Ich

hatte mir in Kroatien viele Gedanken gemacht, wie man dem armen Menschen mit dem Weingut helfen könnte. Und damit dachte ich nicht an Auftritte, von denen auch wir als Theater profitieren konnten. Im Gegenteil. Ernsthaft hatte ich darüber nachgedacht, ob vielleicht Bettina bei der Buchhaltung oder unser Service-Personal in der Vinothek aushelfen könnte. Alles so lange, bis sich die Dinge bei Oliver wieder eingespielt hätten. Aber ich hatte irgendwie das Gefühl, dass mir im Moment niemand glauben würde, dass es nicht nur um die besagten Veranstaltungen ging.
Wir wechselten auf die Autobahn 6 und fuhren weiter in Richtung Flughafen, als Oliver plötzlich anfing zu lachen. „Sorry, alter Freund, aber ich kann nicht länger ernst bleiben. Dafür bin ich viel zu aufgeregt."
„Weswegen bist du denn aufgeregt?", fragte ich irritiert, wobei mir auch auffiel, dass er mich wieder „Freund" nannte.
„Weil es so viel Neues gibt", lachte er.

Oliver berichtete mir nun alles, was sich in den letzten Tagen, während ich in Kroatien war, ereignet hatte. Vor allem erfuhr ich Einzelheiten über den Notar-Termin. Oliver war morgens zu ihm gefahren und überrascht, dass er ganz alleine bei dem Termin anwesend war.
„Ich war unsicher, denn irgendwie hatte ich vermutet, dass vielleicht der Risikomanager oder vielleicht der Rodenbach auch zur Eröffnung eingeladen worden sind. Aber scheinbar

war nur ich bestellt", erklärte er. Und als Oliver nach einer halben Stunde Warten endlich in das Büro des Notars gerufen wurde, erfuhr er, dass die Eröffnung verschoben werden musste, da es Unklarheiten im Testament geben würde.
„Natürlich war ich dann noch mehr verwirrt", berichtete Oliver weiter. „Ich meine: Was kann in einem Testament unklar sein?"
„Vielleicht hat es dein Vater ändern lassen?", mutmaßte ich.
„Das glaube ich nicht, denn es ging ja darum, dass der alte Notar nicht erreichbar wäre und man nun darum warten müsste."
Clemens, dachte ich wieder. Sagte Oliver aber erst einmal noch nicht, dass ich wusste, wer dieser „ehemalige Notar" war.
„Hattest du mit der Frau Doktor telefoniert?", fragte ich stattdessen.
Oliver hatte tatsächlich mit ihr telefoniert. Nachdem Bettina mit ihr gesprochen hatte, rief sie bei ihm an.
„Es war nicht viel, was sie sagte, aber eine relativ frohe Botschaft hatte sie!"
„Und welche?", fragte ich gespannt.
„Ja,", zögerte Oliver und grinste, „das kann ich dir leider jetzt nicht mehr erzählen, denn wir sind in wenigen Minuten in Kelsterbach."
Ich riss die Augen auf. „Komm!", rief ich entsetzt. „Das machst du nicht! Oder? Du lässt mich doch jetzt nicht mit der angefangenen Geschichte sitzen!"

Wieder lachte er: „Nein! Nein! Keine Angst. Sag mir lieber erst mal, wo du genau geparkt hast.“
Erleichtert nahm ich mein Handy aus der Tasche und kramte in meiner Notizen-App. „In der Rüsselsheimer Straße. Da ist so ein Laden für Event-Begrünung. Davor habe ich geparkt.“
Oliver tippte die Adresse in seinen Navigator ein und fuhr die angegebene Strecke.
„Und?“, fragte ich ungeduldig. „Was ist nun die gute Nachricht?“
Er grinste vor sich hin. „Aaaaalllsooo!“, machte er es spannend, und ich gönnte ihm den Moment, da ich irgendwie das Gefühl hatte, dass er sich freute, mir gute Nachrichten zu übermitteln. Also grinste ich mit.
„Frau Doktor meinte, dass ich den Betrieb, so gut es geht, erst einmal weiterführen kann. Ich darf nur keine Investitionen tätigen oder mehr Geld aus dem Betrieb nehmen, als mein Vater mir monatlich gezahlt hat. Es ist ja davon auszugehen, dass ich zumindest meinen gesetzlichen Pflichtteil bekomme, und daher kann ich erst einmal weitermachen“, strahlte er.
„Und das heißt nun?“, fragte ich vorsichtig.
Nun lachte Oliver laut auf: „Mann! Was wohl???“ Er boxte mir von der Seite auf die Schulter: „Dass wir die Weinproben weiter machen werden, so lange wir dürfen.“
Mir fielen Zentnersäcke vom Herzen. Wenigstens etwas, was wieder in die Reihe kommen würde.
„Allerdings …“, sagte Oliver zögernd.

„Oh, nein! Bitte nicht noch ein Problem!“, flehte ich.
„Nur ein ganz kleines!“, sagte Oliver schmunzelnd. „Du musst die ganze Organisation übernehmen. Du weißt, dass ich dir vertraue, und außerdem habe ich überhaupt keine Ahnung, wie man so etwas macht. Würdest du das machen?“
Mit großen Augen sah ich ihn an, während er vor meinem Auto in die Parklücke fuhr.
„Ja, natürlich. Nichts lieber als das!“

Am liebsten wäre ich Oliver um den Hals gefallen, aber wir beließen es dann bei einem typischen „Faustgruß“. Niemand konnte ich in diesem Moment erklären, wie erleichtert ich war. In den latzten Tagen hatte ich schon die verrücktesten Einfälle, wie ich die Ausfälle hätte kompensieren können. Aber so war es natürlich am besten.

Ich war gerade in mein Auto gestiegen, als mir einfiel, dass ich Oliver ein paar Dinge fragen wollte. Ich ließ das Fenster runter und rief ihm nach, dass ich ihn gleich während der Rückfahrt anrufen wolle. Daraufhin steckte ich mein Handy in die Freisprecheinrichtung und wählte seine Nummer.
Als er sich meldete, stellte ich ihm gleich meine erste Frage. Mich interessierte nach wie vor, wer zusätzlich für einen Mord an seinem Vater in Frage kommen könnte. Und so bat ich Oliver, noch einmal gut zu überlegen, wer alles Kontakt zu ihm hatte. Besonders solche Kontakte, die unerfreulicher

Natur waren. Doch so sehr Oliver sich auch anstrengte, ihm fielen keine weiteren Namen ein. Es bestätigte sich wieder, dass sein Vater ein friedliebender Mann war.

Da es bereits spät geworden war und ich auch so langsam genug vom „Reisen“ an diesem Tag hatte, fuhr ich direkt nach Hause. Ich packte meine Sachen aus und ging ins Badezimmer, um mich bettfertig zu machen. Während ich gerade meine Zähne putzte, bekam ich eine Nachricht von Bettina: „Ein Herr Koll hat heute angerufen und nach dir gefragt. Erinnerst du dich an den Namen? Irgendwie war der unheimlich.“
Koll, dachte ich. Das war doch der Risikomanager. Was konnte der denn von mir wollen? Es war seltsam.

6. Liebeleien und ein Testament

Der nächste Tag war, was das Wetter anbelangte, entsetzlich. Es war von jetzt auf gleich grau und regnerisch geworden. Als ich morgens ins Theater fuhr, bemerkte ich, dass an fast allen Bäumen die Blätter abgefallen waren. Das ging oft mit einem Knall. So wie die Bäume über Nacht im Frühling grün wurden, so wurden sie im Herbst plötzlich alle kahl.

Im Theater drehte sich nun alles um die kommende Premiere. Das Bühnenbild wurde gebaut, Kostüme geschneidert, Perücken frisiert, und es wurde natürlich fleißig geprobt.

Einzig der Ticketverkauf machte mir Sorgen. Meinem Freund David hatte ich direkt nach dem Aufstehen bereits die fünfte Nachricht seit meiner Rückkehr aus Kroatien geschickt, aber er meldete sich nicht. Allmählich machte ich mir Sorgen.

Bettina kam recht spät an diesem Tag ins Büro. Sie hatte einen langen Dienst vor sich und wollte daher in Ruhe ausschlafen. Normalerweise ist das bei uns im Haus kein Problem, jedoch störte es mich an diesem Morgen. Ich hatte nämlich verzweifelt die Gesprächsnotiz mit Risikomanager Koll gesucht und nicht gefunden. Zu gern hätte ich ihn angerufen und gefragt, was er denn von mir wollen würde. Und so fuhr ich meine Assistentin auch gleich an, kaum dass sie das Büro betreten hatte.

„Wo ist die Nummer von dem Koll?“, fragte ich direkt und ohne Umschweife.

„Guten Tag, Chef!“, sagte sie in ihrer typischen ironischen Art. „Wie geht es dir, Chef? Hast du gut geschlafen, Chef?“
„Wo ist die Nachricht von dem Koll?“, fragte ich, ohne auf ihre Begrüßung einzugehen.
„Es gibt keine!“, antwortete sie zu meiner Überraschung.
„Warum nicht?“, wollte ich wissen.
„Weil es keine gibt!“, wiederholte sie.
Ich schnaufte.
„Nun reg dich nicht auf!“, beruhigte sie mich. „Er hat angerufen, nach dir gefragt und dann aufgelegt. Er hat nichts hinterlassen. Keine Nummer und nichts.“
„Wollte er sich denn wieder melden?“, fragte ich noch einmal nach.
„Er hat kein Wort davon gesagt. Er sagte am Ende nur: Alles klar, vielen Dank! Und hat dann aufgelegt.“
Bettina ging zur Kaffeemaschine, zog die Glaskanne heraus und hielt sie mir fragend entgegen. „Kaffee?“
„Weißt du, was mich beschäftigt?“, fragte ich, während ich kopfschüttelnd ablehnte.
„Deine Veranstaltungen?“, fragte sie leicht spöttisch.
„Jetzt lass doch mal“, beschwerte ich mich. „Nein, dass David sich nicht meldet. Er hat doch diese neue Freundin. Ich glaube, die ist der Grund, warum ich derzeit nichts von ihm höre. Er meldet sich einfach nicht.“
„Fahr doch mal bei ihm vorbei.“
„Um Gottes willen. Nein! Dann klingele ich da, und sie macht

mir dann im Negligé auf. Bloß nicht!“ Der Gedanke, bei David stören zu können, gefiel mir überhaupt nicht.
„Du hast ja eine Fantasie“, amüsierte sich Bettina, während sie Wasser in die Kaffeekanne einlaufen ließ. „War die nicht beim ‚Heidelberger Morgen‘?“
„Ja, war sie. Warum fragst du?“
„Ach, nur so“, antwortete Bettina und kochte nun ihren Kaffee.

Ich angelte das Angebot von Leander für unser Catering aus der Mappe und machte mich nun auf den Weg nach Bad Dürkheim. Ich war gerade auf die Bundesstraße aufgefahren, als mich meine Mutter anrief. „Boris!“, schimpfte sie gleich los, nachdem ich mich gemeldet hatte. „Was ist da los? Lucija hat mir erzählt, dass Matej bei dir nicht willkommen ist. Sie war ganz aufgeregt. Was ist da los?“
Es war schwierig, meiner Mutter zu verstehen zu geben, dass sich die Sache ganz anders verhielt und dass dieses Schlitzohr von Sohn ihrer Freundin mich austricksen wollte. Sicherlich hätte jede deutsche Mutter nach dieser Erklärung empört reagiert. Den eigenen Sohn müsste man doch vor linkischen Zeitgenossen schützen. Nicht so meine Mutter. Sie äußerte ihren Ärger darüber, dass ihre Freundin und Nachbarin jedem in der Nachbarschaft erzählte, dass ich nicht mal in der Lage war, Matej einzuladen und zu beherbergen. Meine Mutter fühlte sich, so sagte sie, regelrecht blamiert. Und obwohl es mir einerseits schwerfiel, blieb ich in dieser Frage standhaft.

„Wenn Matej hier hinkommen möchte, dann muss er für seine Unterkunft selbst sorgen. Punkt. Aus. Ende."
„Na ja", sagte dann meine Mutter in diesem typischen Mutterton, der aus einer Mischung von Beleidigtsein und Plänen für eine zukünftige Bestrafung bestand. „Ich muss jetzt Schluss machen", sagte sie dann knapp. „Ich muss Kroštule machen. Lucija kommt gleich mit Matej herüber."
„Viel Spaß!", sagte ich lachend und verabschiedete mich, da ich bereits in Bad Dürkheim angekommen war.

Auf dem Weg zu Leanders „Fleisch-Boutique" schmunzelte ich immer noch über die letzten Worte meiner Mutter. Sie wusste natürlich genau, dass Kroštule zu meinem Lieblingsgebäck gehörten, und nur deshalb hatte sie das gesagt. Es war ihre Art der Bestrafung dafür, dass ich nicht nachgeben wollte. So war sie eben. Sie wollte es immer allen recht machen.

Die „Fleisch-Boutique" war, so wie üblich, sehr gut besucht. Die Verkäuferinnen hatten alle Hände voll zu tun, sodass mich erst einmal niemand beachtete. Ich wartete einen Moment und gab der ersten frei werdenden Verkäuferin ein Zeichen, dass ich gerne Leander sprechen wollte. Sie wollte gerade nach hinten gehen, um ihn zu rufen, als er schon in den Laden kam. Er trug seine übliche schwarze Kleidung und kam, als er mich entdeckte, gleich auf mich zu.
„Boris?", begrüßte er mich ein wenig überrascht. „Waren wir

verabredet?“

„Nein“, antwortete ich, „Aber ich muss mit dir reden.“

Ich holte sein Angebot aus meiner Tasche und hielt es ihm entgegen.

„Das kann doch nur ein Irrtum sein.“

„Können wir das später besprechen?“, fragte er mich, während er sich umsah, als würden wir etwas Illegales besprechen wollen.

„Nein!“, protestierte ich. „Das möchte ich jetzt besprechen. Die Preise sind viel zu hoch. Wie soll ich das denn bezahlen?“

Leander zog mich am Ärmel nach draußen vor die Tür.

„Bitte nicht vor den Kunden“, bat er mich.

„Warum hast du dich nicht an unsere Vereinbarung gehalten?“, fuhr ich unbeirrt fort.

„Es ist wegen Gimpel.“

„Gimpel lebt nicht mehr. Was hat der mit meiner Premiere zu tun?“, wollte ich wissen.

„Na ja“, begann er zögernd, „Ich hatte bei ihm immer gut verdient. Er hat sich meine Lieferungen immer was kosten lassen. Das muss ich jetzt leider irgendwie wieder auffangen.“

„Aber doch nicht bei mir!“, protestierte ich.

„Leider auch bei dir“, sagte er schulterzuckend.

„Sorry, aber ich habe ein mündliches Angebot von dir! Und das ist für mich verbindlich!“, probierte ich es noch einmal.

„Nicht für mich! Es tut mir leid. Es geht nicht anders“, damit ließ er mich stehen und öffnete die Ladentür.

„Dann werde ich zu unserer Frau Doktor gehen! Die wird es dir schon erklären!“, rief ich drohend, mit seinem Angebot in der Hand.
„Dann viel Erfolg“, sagte er und verschwand in seinem Laden. Wütend ging ich zurück zum Parkhaus und stieg in mein Auto.

Es ärgerte mich, dass Leander so wenig hilfsbereit war. Er wusste doch auch, dass ich aufgrund von Gimpels Tod Probleme hatte. Natürlich hätte ich ihm sagen können, dass Oliver den Betrieb weiterführen wird und somit auch die ganzen Order für Leander weitergehen würden, aber ich fand es nicht fair von ihm, ausgerechnet mich mit so einem überhöhten Angebot stehen zu lassen.
Ich startete den Motor und fuhr zurück nach Deidesheim. Während der Fahrt wählte ich die Nummer der Frau Doktor. Sie meldete sich direkt und freute sich sehr übertrieben, mich zu hören. „Hallo, Mister Boris! Ich freue mich, dass Sie anrufen. Da wird mein Tag ja doch noch schön.“
Ich bedankte mich für die nette Begrüßung und fragte sie, ob sie mir vielleicht in der Sache Leander helfen könnte. Weil, auch wenn ich wenig Ahnung von Jura hatte, so war ich doch Geschäftsmann genug, um zu wissen, dass ein Angebot ein Angebot war. Doch zu meiner Überraschung wurde der Ton der Anwältin wesentlich kühler. „Das tut mir leid, da kann ich nichts für Sie tun.“

Ich überlegte einen Moment und dachte an unsere erste Begegnung in der „Fleisch-Boutique". „Ist es, weil Leander für Sie Catering machen soll?", fragte ich sie direkt.
„Nein", sagte sie kühl. „Ich glaube nur nicht, dass Sie da Aussicht auf Erfolg haben. Ich würde es an Ihrer Stelle lassen."
Dann verabschiedete sie sich und legte auf.
Während ich die letzten Kilometer zum Theater fuhr überlegte ich, ob ich vielleicht einen anderen Rechtsbeistand befragen sollte. Mir wollte es irgendwie nicht einleuchten, warum ich jetzt plötzlich das Nachsehen haben sollte.

Zurück im Büro sah ich Bettina auf dem Boden sitzen. Verzweifelt versuchte sie, eine Lichterkette zu entwirren, die aus einer Kiste voller Kabel stammte, die neben ihr stand.
„Darf ich mal fragen, was das wird?", fragte ich sie, und sofort funkelte sie mich böse an.
„Jedes Jahr das gleiche Theater. Diese blöden Lichterketten. Ich verstehe nicht, wie man die einfach so in einen Karton schmeißen muss."
Entspannt atmete ich durch. Zum Glück hatte ich das Chaos nicht zu verantworten. Bettina zog und zerrte also an der Kette und wurde mit jedem Millimeter, der frei kam, wütender.
„Gibt es irgendetwas Neues?", fragte ich sie.
Entnervt warf sie das Knäuel wieder in den Karton.
„Ja! Gibt es! Wir brauchen neue Lichterketten. Ich mache das nicht mehr!"

Ich nahm mein Portemonnaie und warf ihr zwanzig Euro zu. „Hier, kauf dir eine schöne!“
Sie stand auf und knallte den Geldschein auf meinen Schreibtisch. „Ich habe deine Freundin ausfindig gemacht!“
„Wer ist bitte meine Freundin?“
„Sie heißt Daniela!“, erklärte Bettina weiter.
„Prima!“, freute ich mich. „Ist sie reich? Dann heirate ich sofort. Ich brauche dringend Geld“, antwortete ich ironisch.
„Da liegen zwanzig Euro!“ Bettina zeigte auf den Geldschein. „Vielleicht reicht das für den Anfang.“

Ich stand auf und holte zwei Becher aus dem Schrank. Bettina setzte sich auf ihren Platz, und ich schenkte uns erst einmal frischen Kaffee ein. Dabei erzählte sie mir, dass sie beim „Heidelberger Morgen“ angerufen hatte. Eine Freundin von ihr war dort in der Buchhaltung tätig, und Bettina hatte versucht, über diese etwas über Davids neue Flamme rauszubekommen.
„Und wie hast du ihr das erklärt?“, wollte ich wissen.
„Hör zu! Und lern von der Besten!“
Entspannt lehnte ich mich in meinem Bürostuhl zurück und legte den Telefonhörer daneben, damit wir nicht gestört würden.
„Ich habe da angerufen“, begann sie, „und ihr gesagt, dass wir neulich zu mehreren irgendwo einen trinken waren. Und da hätte ich ein Mädel getroffen, das bei ihnen arbeiten würde. Und da hätten wir so dermaßen viel getrunken, dass wir

vergessen hatten, Telefonnummern auszutauschen."
Amüsiert lachte ich. „Und daraufhin hat deine Freundin sofort gewusst, wer gemeint war?"
„Nein! Erst mal war sie sauer. Weil ich sie nicht mitgenommen habe."
Frauen, dachte ich nur, und sagte dann: „Aber sie hat es dir dann trotzdem verraten."
„Natürlich. Ich habe ihr versprochen, sie beim nächsten Mal mitzunehmen. Nun hör zu. Sie heißt Daniela, ist blond, schlank und dreiundzwanzig Jahre alt. Na! Was sagst du?"
„Bissel jung für David. Findest du nicht?"
„Ich meinte eher, was du meinst, wie ich das gemacht habe", sagte sie etwas enttäuscht.
„Super!", lobte ich sie. „Gibt es noch mehr Infos?"
„Aber natürlich!" Bettina verschränkte die Arme und sah mich stolz wissend an. „Sie ist nach Hamburg abgereist. Sie hat dort ein Angebot bekommen, bei einem Zeitungsverlag."
„Und David?", fragte ich überrascht.
„Der ist meines Wissens nicht mit. Im Gegenteil. Meine Quelle weiß zu berichten, dass es viele Tränentelefonate gegeben hat, weil sie ganz neu und in Freiheit in Hamburg anfangen möchte."
„Wie theatralisch", entfuhr es mir ironisch.
„Oder!? Völlig pathetisch. Kinder eben. Nun ja. Auf jeden Fall weißt du das jetzt!"
Ich sprang auf, lief um den Tisch und küsste sie auf den Kopf.

Angewidert drehte sie sich weg. „Bah! Lass das!“
Meine Stimmung war schlagartig besser. Natürlich tat es mir für David leid, aber jetzt wusste ich, warum er sich nicht meldete. Liebeskummer. Eine der ältesten Krankheiten der Welt.

Die Nachricht über Davids Freundin hatte mich beflügelt. Bettina hatte zwar noch einmal ihren Unmut darüber geäußert, dass man sich nicht freut, wenn jemand anderes leidet, aber ich konnte es nicht unterdrücken. Es war weniger Eifersucht als die Angst, dass unsere Freundschaft auseinandergehen könnte. Ich hatte das schon bei vielen Menschen beobachtet, dass sobald sie in Beziehungen kamen oder, noch schlimmer, wenn sie Eltern wurden, keine Zeit mehr für ihr altes Umfeld hatten.
Die große Uhr an der Bürowand zeigte siebzehn Uhr. Aus Übermut lief ich schnell rüber in die „Kanne“, um zu sehen, ob Justus im Dienst war. Als ich in die Weinbar kam, sah ich ihn, wie er ein paar Tische eindeckte. Gleich ging ich auf ihn zu. „Justus! Du musst mir helfen!“
„Schörlchen?“, fragte er mich und grinste.
„Darüber sprechen wir später noch!“, sagte ich ihm gespielt drohend. „Toma hat bereits gestanden! Er lässt dich grüßen.“
„Ein netter Kerl“, grinste Justus. „Was kann ich denn für dich tun?“
„Könntest du aus irgendeinem Grund David hier heute

hinbestellen? Am besten ab neunzehn Uhr?“, bat ich ihn.
„Na klar. Aber warum rufst du ihn nicht selber an?“, wunderte sich Justus.
„Das kann ich jetzt schlecht sagen. Bitte tu mir den Gefallen!“
„OK, ich versuch's!“

Eilig ging ich zurück ins Theater. Ich drückte die Daumen, dass Justus es schaffen würde. Um mir die Zeit bis zum Abend zu vertreiben, ging ich in den Theatersaal, wo gerade geprobt wurde. Jan stand wieder in seinem Blaumann auf der Bühne und diskutierte mit Holger. Scheinbar waren sie sich über eine Szene uneinig. Ich setzte mich in die letzte Reihe und wartete, bis sie ihre Szenen erneut probten. Kai-Jakob, unser Regisseur, gab endlich den Einsatz und alle gingen auf ihre Position. Holger blieb alleine auf der Bühne. Er spielte mal wieder den Hausherren. Jan, als Elektriker, kam auf die Bühne geschossen und erkundigte sich, warum die Ehefrau mit einem Koffer weinend das Haus verlassen habe.
„Das ist eine private Sache!“, antwortete Holger.
„Aber sie schien sehr aufgelöst“, erwiderte Jan.
„Ein Scherz war mir in die Hose gegangen“, erklärte dann Holger.
„Aber das bekommt man doch bei sechzig Grad wieder raus!“, sagte Jan daraufhin theatralisch und hielt einen Moment inne, als würde er auf einen kräftigen Lacher aus dem Publikum hoffen.

„Ha! Ha! Ha!“, kam da auch schon gelangweilt von Kai-Jakob aus der ersten Reihe.
„Sie Witzbold!“, setzte Holger seinen Text fort. „Ich hatte aus Scherz zu meiner Frau gesagt: Ich habe herausgefunden, dass unsere Kinder nicht von mir sind! Daraufhin hat sie geweint, sich entschuldigt und ihre Sachen gepackt!“
Jetzt hielt Holger inne, und wieder kam „Ha! Ha! Ha!“ aus der ersten Reihe.
Nach dieser zweiten Pointe schlich ich wieder aus dem Theater und ging zurück ins Büro. Zum ersten Mal überlegte ich ernsthaft, ob Clemens nicht doch Recht hatte. Vielleicht sollte ich das Niveau der Stücke etwas hochschrauben.
Endlich war es kurz nach sieben Uhr. Ich machte meinen Computer aus und schrieb Bettina eine Nachricht, da sie irgendwo im Theater unterwegs war. In einer kurzen Mitteilung bat ich sie, gegen zwanzig Uhr rüber in die „Kanne“ zu kommen, nahm meine Jacke und ging los.
Als ich die Weinbar betrat, sah ich David an unserem Lieblingstisch sitzen und mich heranwinken. Aufgeregt ging ich auf ihn zu. Er stand auf und umarmte mich. „Wie viele Dirigenten braucht man, um Cevapcici zu grillen?“, machte er wieder einen seiner üblichen Cevapcici-Witze. Ich zuckte mit den Schultern. „Vier! Einer, der sie grillt, und drei, die darüber reden, wie Karajan sie gegrillt hätte.“
Wir lachten beide und setzten uns hin. „Ich wusste, dass du dahinter steckst“, sagte er dann. David sah müde aus. Er

machte den Eindruck, als hätte er tagelang nicht gescheit geschlafen. Vermutlich war es auch so.

„Warum bist du dann gekommen?“, fragte ich provokant zurück.

„Weil ich dich endlich mal wieder treffen wollte!“, gab er zu.

Justus kam an unseren Tisch und brachte uns zwei Schorle. Im Weggehen zwinkerte er mir zu.

„Ja“, sagte David zögerlich, nachdem wir uns kurz zugeprostet hatten. „Das mit Daniela ...“

„Ich hab es schon gehört“, kürzte ich ab und gab ihm mit einem Blick zu verstehen, dass wir nicht darüber sprechen müssten.

„Warum hast du dich denn nicht mal gemeldet? Ich habe dir so viele Nachrichten geschickt!“, beschwerte ich mich.

„Ich war sauer“, erklärte er.

„Warum?“, wollte ich überrascht wissen.

„Weil du gesagt hast, wenn wir uns treffen wollten, solle ich einen Termin bei Bettina machen. Das fand ich nicht nett.“

„Habe ich das?“ Ich kramte in meinem Gehirn. „Daran kann ich mich gar nicht erinnern.“

„Vergiss es!“, sagte David und ließ sich von mir erst einmal ausgiebig erzählen, was alles in den Tagen seit unserem letzten Kontakt passiert war.

Gerade als ich von dem Telefonat mit der Frau Doktor berichtet hatte, kam Bettina in die „Kanne“. „Sorry!“, entschuldigte sie sich. „Ich kam nicht schneller raus.“

Ich sah auf die Uhr. Es war mittlerweile zwanzig Uhr dreißig.
„Du bist trotzdem pünktlich! Ich habe gerade David mal ein Update über alles gegeben."
„Und?", fragte sie in seine Richtung. „Was sagst du?"
David fuhr sich durch die Haare und pfiff durch den Mund aus. „Ganz schön heftig. Ich hätte nicht gedacht, dass der alte Gimpel noch Thema sein könnte. Wie ich es in Erinnerung habe, ist die Geschichte bei der Polizei abgeschlossen", erklärte er.
„Warum bemüht sich diese Polizei eigentlich nie?", empörte sich Bettina. „Die werden doch noch was Intelligenteres als Monzinger und Hennweiler haben."
„Immer langsam!", versuchte David ihr nun zu erklären. „Es ist wieder mal das alte Spiel. Keine Spuren, keine Zeugen, kein Täter. Was mich nur wundert, ist, dass Oliver da so gut mit zurechtkommt. Er scheint in der Sache gar nicht irgendwie forschen zu wollen, wenn ich dich richtig verstanden habe." Er sah mich fragend an.
„Nun", begann ich, während ich überlegte: „Das ist schon komisch. Er will nicht mal in den Weinkeller runter, wo es passiert ist. Und in das Büro seines Vaters geht er, meines Wissens, auch nicht."
„Ob er mit seinem Vater großen Krach hatte und ihn dann ...?", fragte Bettina.
„Möglich ist alles!", meinte David und ich fing an, langsam mit dem Kopf zu schütteln.

„Ich kann mir das nicht vorstellen. Es passt so gar nicht zu ihm. Aber tausendprozentig sicher kann ich auch nicht sein."
„Wir müssten uns da noch mal umsehen", schlug Bettina vor, und ich merkte deutlich, dass sie mal wieder Detektivin spielen wollte.
„Vielleicht keine schlechte Idee", sagte auch David. „Oliver wollte doch die Weinproben mit deiner Hilfe stattfinden lassen. Dann hättet ihr einen Grund, das Büro zu inspizieren. Auf der Suche nach Infos. Das wäre doch was."
„Stimmt!", gab ich ihm recht. „Ich brauche alleine die Namens- und Adresslisten von den Gästen. Wir müssen sie ja einladen."
„Alla dann!", sagte David und erhob sein Glas. Wir stießen an und wechselten das Thema. David machte seine üblichen Witze, und plötzlich war er irgendwie wieder ganz der Alte.
Gerade als ich von meinem Geburtstagsauftritt in Kroatien erzählen wollte, stieß David mich an und deutete mit einem Blick zur Theke. Ich traute meinen Augen nicht. Frau Doktor persönlich stand dort, wie immer mit ihrem weißen Helm unter dem Arm und sprach mit Justus. Sie wechselten ein paar Sätze, dann gab sie ihm ihre Visitenkarte, legte einen kleinen Stapel davon auf die Theke und machte sich wieder auf den Weg nach draußen. Kurz vor der Tür drehte sie sich noch einmal um und entdeckte uns. Sie winkte kurz herüber, ging dann noch einmal zur Theke und teilte Justus irgendetwas mit. Er nickte daraufhin kurz, und Frau Doktor verließ die „Kanne".

„Jetzt bin ich baff!“, entfuhr es mir. „Was wollte die denn hier?“
Hektisch winkte ich Justus zu.
„Noch drei Schörlchen?“, fragte er.
„Was wollte die Anwältin von dir?“, fragte ich zurück.
„Das ... äh ... darf ich nicht sagen!“, stotterte Justus.
„Ey, Justus!“, mischte sich David ein. „Wie lange kennen wir uns? Was wollte die von dir?“
„Das darf ich wirklich nicht sagen. Sie hat mich darum gebeten“, erklärte er.
„Dann nur eine Ja- oder Nein-Frage“, versuchte ich es. „Ging es um ihre Büroeinweihungsparty?“
Justus reagierte nicht und ging wieder zurück zur Theke.
„Interessant!“, bemerkte Bettina trocken.
„Was könnte sie gewollt haben?“, fragte David.
„Vielleicht hat Justus was ausgefressen und braucht ihre Hilfe“, vermutete Bettina.
Wir schwiegen einen Moment und dachten nach. Wieder einmal war alles möglich. Allerdings wunderte ich mich. Warum sollte dann Justus schweigen? Warum würde sie ihm ihrerseits - sozusagen - den Mund verbieten?
Auf einmal wusste ich, warum sie möglicherweise da gewesen sein könnte und warum sie um Diskretion bat: „Wisst ihr, was ich glaube? Sie hat auch ein überhöhtes Angebot von Leander bekommen und will jetzt hier in der „Kanne“ wissen, ob die vielleicht ihr ein Buffet oder so etwas machen könnten.“
„Aber die ‚Kanne‘ ist doch kein Cateringservice“, wandte

David ein.
„Das wusste sie vielleicht nicht. Und als sie uns beim Gehen gesehen hat, hatte sie vielleicht Sorge, dass ich Leander von ihrer Anfrage hier erzähle!“
„Das wäre absolut möglich!“, bestätigte auch Bettina.
„Das ist nicht nur möglich“, sagte nun auch David, „Das wird sicher hundertpro so sein“
Wir vergaßen Frau Doktor und fingen wieder an, Witze zu machen. Irgendwann tranken wir noch alle einen Kaffee, und Bettina brachte das Gespräch auf die bevorstehende Premiere:
„Ich möchte ja keine Spielverderberin sein“, begann sie, „aber könnten wir mal eben eine geniale Idee finden, wie wir unser Haus vollmachen? Morgen ist bereits Hauptprobe.“
Ich wurde blass, als mir bewusst wurde, dass das alles ja schon in den nächsten Tagen geregelt sein müsste.
„Was ist denn euer Problem?“, fragte David.
Wir erklärten ihm, wie es um die Kartenverkäufe stand und dass wir uns mehr als Sorgen machten.
„Kannst du nicht noch mal einen Artikel in eurer Zeitung bringen?“, fragte Bettina.
„Klar“, bot sich David an, „Aber ich glaube nicht, dass es noch so viel bringen wird. Was ist denn das für ein Stück?“
Zusammen mit Bettina erklärten wir ihm den Inhalt, und zu meiner Überraschung lachte sich David bei jeder Szenenbeschreibung kaputt. „Das ist doch großartig!“, rief er amüsiert.

„Nun ja“, erwiderte ich zögernd. „Was nützt mir, dass es großartig ist, wenn keiner kommt?“
„Ich habe da eine Idee“, sagte David, und sein Blick hatte etwas Schelmisches. „Erinnerst du dich an diesen Lembke?“
„Hmmm ...“, überlegte ich. „Der Name sagt mir was, aber ich kann mich nicht erinnern.“
„Der hat doch damals im Haus meiner Eltern die ganzen Installationen neu gemacht“, half er mir auf die Sprünge.
„Ach, du Elend!“, entfuhr es mir erschrocken. „Dieser entsetzliche Mensch?“
„Was war mit dem?“, fragte Bettina neugierig.
David lachte. „Unser Menschenkenner hier hat ihn für einen arbeitslosen Penner gehalten.“
„Warum?“, wollte Bettina wissen.
Und bevor mein bester Freund nun diese peinliche Geschichte erzählen konnte, erzählte ich sie lieber selber. „Der Typ war der letzte Hänger. Der sah aus, du kannst es dir nicht vorstellen. Gefühlt siebzig Jahre, kam jeden Tag bei Davids Eltern in einem total versifften Jogginganzug an und war ungepflegt wie nur was. Und immer, wenn Davids Mutter oder Vater was gefragt hatten, zog er die Nase bis zum Anschlag hoch und sagte: ‚Das dürfte kein Problem sein!‘ Grauenhaft war der.“
Alle lachten. „Aber immerhin hat alles am Ende prima funktioniert. Die Arbeiten waren super“, erklärte David.
„Und wie kann der uns helfen?“, fragte nun Bettina.
„Das möchte ich auch wissen“, schloss ich mich an. „Das ist

doch der letzte Asi."
„Na! Na! Na!", machte David. „Don't judge a book by its cover. Weißt du, dass der eine Firma mit über zwanzig Angestellten hat und so gut und gerne hundert- bis hundertfünfzigtausend im Monat umsetzt?"
Bettina und ich sahen uns sprachlos an. „Im nächsten Leben werde ich Elektriker!", sagte ich ehrlich beeindruckt.
„Ich rufe ihn morgen früh mal an und frage ihn, ob er nicht mit seinen Leuten und Kunden ein paar Vorstellungen vollmachen kann."
Begeistert von dem Vorschlag bedankte ich mich bei David für den Versuch, und auch Bettina bekam vor Aufregung ganz rote Wangen.
Nach dem Kaffee zahlten wir und machten uns auf den Weg nach Hause. Müde fuhr ich nach Freinsheim und war froh, dass der Tag vorbei war. Aber vor allem war ich froh, dass mein alter Freund David wieder ganz so war, wie ich ihn kannte.

Am nächsten Nachmittag fuhr ich raus nach Edesheim. Oliver hatte mich gebeten, ihn zu besuchen, und so machte ich mich zu ihm auf den Weg. Am Vormittag hatten Bettina und ich im Büro noch lange über den Abend und die komische Situation mit der Anwältin und Justus gesprochen. Aber auch über Clemens sprachen wir, da wir von ihm immer noch nichts gehört hatten. Allerdings gab es Neuigkeiten, die ich erfuhr, als ich gerade unterwegs war.

Bettina hatte mich während der Fahrt angerufen und mir berichtet, dass sie ihn ans Telefon bekommen hätte. Verwundert sprach ich ihr meinen Respekt aus und fragte sie gleichzeitig, wie sie das geschafft hätte.

„Es war eigentlich ganz einfach. Ich hatte eine Telefonnummer von ihm in Frankreich. Er und seine Frau haben doch eine Wohnung in Cannes“, erklärte sie.

„Geil!“, entfuhr es mir. „Da hätten wir auch vorher drauf kommen können!“

Clemens in seiner übertriebenen, geltungsbedürftigen Art hatte uns natürlich sämtliche Nummern und Adressen gegeben, für den Fall, dass wir ihn dringend erreichen müssten. Der Fall war allerdings nie eingetreten.

„Und was hat er nun für eine Krankheit?“, wollte ich endlich wissen.

„Das wollte er nicht sagen. Er meinte nur, dass er am Wochenende wieder da wäre. Er würde dann ins Theater kommen!“, berichtete Bettina weiter.

„Hast du was wegen des Testaments vom Gimpel erfahren?“, wollte ich noch wissen.

„Da habe ich nichts zu gefragt. Vielleicht ist es besser, dass wir erst mal nichts wissen ... hatte ich mir jedenfalls so gedacht“, erklärte sie.

„Prima!“, lobte ich, auch wenn ich natürlich neugierig war, was es beim letzten Willen noch für Unklarheiten geben könnte.

Gerade hatte ich meinen Blinker gesetzt, um auf den Hof des Weinguts abzubiegen, da schob diese merkwürdige Frau Bretzenheim einen alten, grünen Kinderbuggy an der Einfahrt vorbei. Während ich mich noch fragte, ob in dem Kinderwagen ihr Kind oder doch eher ihr Enkel sitzen würde, sah ich, dass es ihr Hund war. Wie immer hingen ihre Mundwinkel gefühlt bis zum Boden und ihre Sauerkraut-Haare wippten rhythmisch hin und her. Als sie endlich vorbeigewatschelt war, fuhr ich auf den Hof.

Oliver war in der Vinothek und sortierte Briefe auf der Theke. Als ich reinkam, sagte er: „Guck dir das mal an. Interessant, oder?" Dann reichte er mir einen Brief, der von seinem Notar stammte.

„Das Testament wird endlich eröffnet", las ich aus den Zeilen und freute mich für ihn: „Das ist doch prima. Dann sind wohl alle Unklarheiten beseitigt."

„Nächsten Montag um elf Uhr. Ich bin schon ganz nervös. Das wird sowieso eine aufregende Woche!"

„Warum?"

„Mein Vater wird nächsten Mittwoch endlich beerdigt. Der Bestatter hat auch geschrieben. Ich habe jetzt Datum und Uhrzeit. Du kommst doch auch, oder?", fragte er fast schon vorsichtig.

Ich nickte. Tagelang hatte ich mich auf diese Frage versucht vorzubereiten, und ich gestehe, dass ich überlegt hatte, mit welcher Ausrede ich mich am besten drücken könnte.

Beerdigungen waren mir immer ein Graus, und ich wollte eigentlich nie mehr auf einer erscheinen müssen. Höchstens auf meiner eigenen. Aber es wäre zu unfair gewesen, den armen Oliver allein zu lassen. Er hatte so viel Vertrauen zu mir und vor allem erst einmal meine Veranstaltungen gesichert. Ich nickte erneut und versprach ihm, dass ich auf jeden Fall da sein würde.
Er strahlte und holte unter dem Stapel Briefe einen weißen DIN-A5-Umschlag hervor. Aufgeregt schob er ihn zu mir rüber.
„Was ist das?“, fragte ich skeptisch.
„Es ist für dich“, sagte er ungeduldig.
„Für mich?“, fragte ich überrascht. „Was ist da drin?“
„Nun mach schon auf!“, drängelte er.
Ich öffnete den Umschlag und traute meinen Augen nicht. Er war voller Geldscheine.
„Was soll ich damit?“, fragte ich.
„Es ist für dich. Du brauchst Geld, und ich habe Geld. Nimm es bitte.“
Verwirrt holte ich das Geld aus dem Umschlag. Es waren stolze zehntausend Euro. „Bist du verrückt?“, fragte ich ihn fast schon empört. „Das nehme ich nicht an!“
Doch Oliver bestand darauf: „Das musst du! Nimm es als Anzahlung auf die Weinproben.“
Wieder hatte mich Oliver in Verlegenheit gebracht. „Wo hast du das Geld her?“, fragte ich immer noch verwirrt.

„Von der Bank. Die Anwältin Frau Schnellfeld hat mir dabei geholfen. Das war gar nicht so einfach."
„Das kann ich mir denken!", antwortete ich. „So viel Geld bekommt man nicht mal eben!"
„Ach. Das war ganz einfach", winkte Oliver ab, „Aber einen Termin bei ihr zu bekommen, das war schwer. Ich glaube, sie hat bestimmt einen Freund und schwebt im siebten Himmel. Da hat sie für uns keine Zeit mehr."
Doch nicht etwa Justus, schoss es mir durch den Kopf. Woher konnten die sich kennen? Nun ja, die Welt war klein. Warum nicht Justus und die Frau Doktor. Auch wenn er etwas jung für sie war.
Oliver packte das Geld wieder in den Umschlag und gab ihn mir. Verlegen nahm ich ihn an und bedankte mich. Was war das doch für ein netter und unglaublich freundlicher Mensch.
Wir hatten noch ein wenig erzählt, bis ich zurück ins Theater musste. Kaum in mein Auto eingestiegen, zog ich mein Notizbuch hervor und schlug die Seite auf, auf der ich die Verdächtigen notiert hatte. Ich nahm einen Kugelschreiber aus dem Handschuhfach und strich das O. von Oliver durch. Auch wenn er ein Täter hätte sein können, wollte ich mir niemals vorstellen, dass er einer wäre.

Es war Freitagabend und die Generalprobe ging, zum Glück, mit allen Pannen über die Bühne. Wenigstens ein Teil des alten Theateraberglaubens hatte schon mal geklappt, denn

eine Generalprobe mit Pannen bedeutet eine gute Premiere.
David hatte mit seinem Plan ebenfalls Erfolg. Der alte Lembke kaufte zwanzig Karten und kam mit seiner ganzen Familie, samt Anhängen. Als ich am Premierenabend sechs ältere Damen mit Rollator aus seiner Gruppe ins Theater schleichen sah, machte ich mir jedoch Sorgen. Auch wenn das Stück eigentlich jugendfrei war, war es doch ziemlich anzüglich. Aber auch hier bestätigte sich der berühmte Satz „Je oller, je doller!". Bei der anschließenden Feier kamen die Damen mit hochrotem Kopf auf mich zu und beteuerten, wie schön es doch gewesen wäre. Und, dass sie noch einmal wiederkommen wollten, weil sie vor Lachen die Hälfte des Stückes verpasst hätten.
Ich war zufrieden, denn nicht nur die älteren Damen waren vom Stück begeistert. Auch das restliche Publikum stand am Ende auf den Stühlen und bejubelte die Crew. Auf ein Buffet hatten wir dieses Mal verzichtet. Die Zeit war zu knapp, einen anderen Caterer zu suchen, und Leanders überhöhte Preise wollte ich wirklich nicht bezahlen. Glücklicherweise vermisste es auch niemand. Bettina hatte Salzstangen, Chips und Nüsse in Schalen aufgestellt, und mehr schien auch keiner erwartet zu haben. Zum Glück.
An einem der Stehtische im Foyer stand Oliver. Zielstrebig ging ich auf ihn zu. „Ich wusste gar nicht, dass du heute kommen wolltest", begrüßte ich ihn überrascht.
Er gratulierte mir zur erfolgreichen Vorstellung und gestand,

dass er heimlich bei Bettina eine Karte gekauft hatte, da er sich von mir keine schenken lassen wollte. Er hob sein Glas und wollte mit mir anstoßen. „Den Wein hättest du auch bei mir kaufen können!", lachte er. „Aber der hier ist auch sehr, sehr gut", lobte er unsere Hausmarke, und wieder brachte er mich in Verlegenheit.

„Wenn der ganze Rummel mit Premiere, Testament und Beerdigung vorbei ist, dann verhandeln wir mal. Ich muss ja auch irgendwann mal was für dich tun", schlug ich ihm vor.

„Du hast schon so viel für mich getan. Mach dir keine Sorgen!", antwortete er und freute sich aber dennoch, wenn wir seinen Wein in unserem Theater anbieten würden.

Bettina kam mit einem Glas in der Hand auf uns zu. Sie lächelte Oliver an, der ihr zuzwinkerte. Das schien mir der richtige Moment zu sein, die beiden allein zu lassen. Und so verschwand ich schnell im Zuschauergewühl.

7. … und es wird doch noch ein Krimi

Der November war da, und die Premiere des neuen Stücks lag jetzt fast auf den Tag genau zwei Wochen hinter uns. Das Ensemble hatte sich eingespielt, und die Zuschauerzahlen stiegen zum Glück wieder an. Elektriker Lembke und seiner Familie hatte es so gut gefallen, dass er gleich zwei komplette Veranstaltungen gekauft hatte, um Freunden, Bekannten und Kunden Karten zu schenken. Unsere Kasse klingelte, und ich war zufrieden. Eine Kollegin von David hatte noch einen schönen Bericht über die Premiere geschrieben, sodass dies auch noch zahlreiche Neugierige ins Theater lockte. David zitierte dazu immer einen Spruch, der da hieß: „Kein Hund frisst den Salat, wenn es nicht ein anderer tut“. Aber vielleicht war es nur ein ganz bestimmter Satz der Kritikerin, der die Leute anlockte. In der Kritik stand nämlich: „Ein hervorragendes Stück, das einem die humoristische Schamesröte ins Gesicht treibt.“
Und Sex sells bekanntermaßen.

Erfreuliches gab es auch bei Oliver. Das Testament wurde eröffnet, und er war tatsächlich der einzige Erbe. In einer ersten Fassung hatte der alte Gimpel seine Schwester, also Olivers Tante, bedacht und dies später ändern lassen. Angeblich, so war es in dem Notariatsakt zu lesen, das noch von Clemens erstellt wurde, hätte der alte Gimpel die Notarkosten für diese Änderung nicht gezahlt. Daher war der jetzige Notar unsicher, ob das Testament somit überhaupt gültig sei. Es stellte sich allerdings heraus, dass Clemens schlicht und ergreifend vergessen hatte, die Zahlung zu notieren. Ein Vorgang, der überhaupt nicht zu Clemens passte, denn wenn es um seine Rechnungen und Zahlungen ging, konnte er nicht schnell genug drängen und drängeln.

In jedem Fall war Oliver glücklich, dass alles geklärt war. Direkt nach der Testamentseröffnung hatte ich ihm einen Winzer empfohlen, den er mal ansprechen sollte. Ich schlug ihm vor, einfach mal nachzufragen, ob man ihm nicht mit ein wenig Rat unterstützen könnte. Und so hatte Oliver auch gleich Erfolg. Man war dort sehr schockiert über den Tod vom alten Gimpel und fand es nur selbstverständlich, dass man Oliver nun helfen musste. Vor allem, da die Hilfe zur rechten Zeit kam, denn die Spätlese musste dringend geerntet und verarbeitet werden. Mit der ganzen Hilfe brauchte er sich dann nur erst einmal um den Verkauf und die Vinothek kümmern. Und zu meiner Freude machte er das sogar sehr talentiert.

Für eine Überraschung sorgte die Beerdigung seines Vaters. Wir hatten mit einem großen Andrang gerechnet. Denn abgesehen von den Mitarbeitern des Weinguts gab es in jedem Dorf genügend Menschen, die immer neugierig ein solches Ereignis besuchten. Auch hatte die Vinothek nicht nur im Weinverkauf viele Kunden. Aber zur allgemeinen

Überraschung waren nur Oliver, Bettina und ich anwesend. Obwohl, das stimmte nicht ganz. Etwas abseits stand Frau Bretzenheim. Sie hatte ihren Hund im Kinderwagen versteckt, da Tiere auf dem Friedhof verboten waren. Mit ihren typischen, schmalen, hängenden Lippen und bösen Augen passte sie perfekt in das Szenario. Kurz nachdem die Urne gesenkt wurde, der Pfarrer die letzten Worte sprach und wir Blüten und jeder drei Schaufeln Sand ins Grab schütteten, verschwand sie auch schon wieder.
Bettina hakte sich bei Oliver unter, und wir verließen den Friedhof. In der Vinothek tranken wir eine Cola auf den alten Gimpel, und Oliver hielt sich tapfer. Beruhigend nahm ich zur Kenntnis, dass ihm der Tod seines Vaters nun doch naheging.

Und jetzt war es also Freitagabend, und ich fuhr mit Bettina wieder in die Vinothek. Da ich an diesem Abend spielfrei hatte, wollten wir uns über die neue Spielzeit im nächsten Jahr unterhalten. Für gewöhnlich machten wir das in unserer Lieblingsweinbar gegenüber dem Theater, aber Bettina hatte an diesem Abend „einfach mal Lust rauszufahren", wie sie es nannte. Ich allerdings wusste, dass diese „Lust" Oliver hieß und sie ihn gerne treffen wollte.
Der Parkplatz war komplett voll, und Bettina musste den Wagen mühsam in eine Parklücke quetschen. Ich schloss mal wieder meine Augen und betete, dass dieses Parkmanöver ohne größere Schäden ablaufen würde. Zu meiner Beruhigung

schaffte sie es ganz gut, auch wenn sie sich dabei vor lauter Konzentration fast die Zunge abgebissen hätte.
Wir gingen in die Vinothek und schauten uns um. Oliver hatte sich relativ junges Personal gesucht, das hinter der Theke sowie als Servicekräfte aushalf. In der Küche hatte er den Koch, der schon beim alten Gimpel gearbeitet hatte. Das Konzept, Leute zwischen 25 und 40 anzusprechen, ging auf, denn der Laden war bis auf den letzten Platz besetzt.
Es gab zahlreiche Vinotheken und Weinbars in Edesheim und Edenkoben, die allerdings häufig von einem älteren Publikum frequentiert wurden. Und so hatte Oliver, mit seinem beratenden Winzer, genau in die richtige Lücke getroffen.
Wir standen nun in der vollen Vinothek und sahen uns um. Genauer gesagt, sah Bettina sich um, und ich beobachtete sie. Es war amüsant zu sehen, wie sie jeden Millimeter nach Oliver absuchte. So mädchenhaft aufgeregt habe ich sie noch nie erlebt. Als der so Herbeigesehnte uns entdeckte, kam er gleich auf uns zu und entschuldigte sich, dass wir warten mussten. Bevor ich etwas sagen konnte, winkte Bettina schon lässig ab und sagte: „Ach, das macht doch nichts. Für dich warten wir gerne!“ Dabei lächelte sie so zuckersüß, dass mir fast schlecht wurde.
„Geht mal an die Theke“, bat uns Oliver, „Ich habe gleich einen freien Tisch für euch!“
Wir gingen zur Theke, bestellten uns erst einmal etwas zu trinken und sahen uns das Treiben im Laden an. Es schien

ein sehr nettes Publikum zu sein. Gesellige Menschen, die scheinbar auch über ein bisschen Geld verfügten. Das ließ allein schon der Wagenpark vor der Tür vermuten. Eine alte Rostlaube oder Ähnliches stand nämlich nicht zwischen den schicken Fahrzeugen.
„Leander Bartenberg hat heute schon wieder angerufen", berichtete Bettina, während wir warteten.
„Hat er was gesagt?", fragte ich fast gelangweilt.
„Nur wieder mal, dass du ihn anrufen sollst. Aber dieses Mal weiß ich, worum es geht."
„Ui. Was hat er denn?", spielte ich den Interessierten.
„Er wollte mit dir über eure weitere Kooperation sprechen, weil wir doch jetzt kein Büfett zur Premiere bei ihm bestellt hätten."
„Mir egal!", antwortete ich und trank von meinem Riesling.

Im Allgemeinen war ich dafür bekannt, dass ich viel zu gutmütig und auch viel zu geduldig war. Wenn Schauspieler aus der Reihe tanzten, Techniker Schwierigkeiten machten oder Veranstalter anstrengend wurden, war ich stets nachsichtig und versuchte immer alles zu kitten und zu regeln. Aber wenn mir einmal der Faden riss, dann war es auch wirklich vorbei, und bei Leander war dieser Punkt erreicht. Nie wollte ich von irgendwem etwas geschenkt bekommen. Jeder muss sein Geld verdienen. Aber für mich gab es immer eine Regel im Geschäftsleben: Vertrag ist Vertrag. Und wer ein Angebot macht, muss auch dazu stehen. Besonders, wenn man ein gutes Verhältnis pflegte. Sicherlich hatte Leander auch Einbußen, aber im Gegensatz zu mir hatte er eine sehr gut laufende Metzgerei und viele Cateringaufträge. Und außerdem hätte er mit mir reden können und nicht einfach so ein teureres Angebot mailen. Ich war wirklich sauer auf ihn.

Bettina und ich sahen ein junges Pärchen, das sich gerade an der Garderobe die Jacken anzog und das Lokal verließ. Schon stand Oliver neben uns und brachte uns an den Tisch. Er winkte einer jungen Kellnerin zu, und wir hörten, wie er ihr „Das hier geht komplett aufs Haus. VIP-Gäste" zuflüsterte. Die Kellnerin nickte und brachte uns anschließend die Speisekarte. Oliver entschuldigte sich noch einmal, da er sich noch ums Geschäft kümmern musste, und wir freuten uns, dass er so in seiner Aufgabe aufging.
„Meinst du, ich soll mich gleich ein bisschen in dem Büro umsehen?", fragte Bettina leise.
„Bist du verrückt? Hör bloß auf hier zu rumschnüffeln. Wir müssen das offizieller machen."
„Vor allem müssen wir herausfinden, warum sich keiner mehr von den ganzen alten Vertrauten meldet." Bettina schien wieder ganz Kommissarin zu spielen.
„Vielleicht bekommen wir bei Oliver Daten über den Rodenbach mit seinem AMG und den Risikomanager raus", überlegte ich.

„Lass mich mal machen!“, sagte Bettina entschieden, „Oliver wird mir schon alles erzählen. Ich glaube, ich habe da einen guten Zugang.“
Ich sah Bettina an, deren Wangen schon wieder verdächtig rot wurden, und auf einmal machte ich mir Sorgen, dass sie zu Oliver nur so nett war, weil sie in der Sache forschen wollte.
Die junge Kellnerin kam, und wir bestellten zwei Portionen Spundekäs. „Darf ich Sie mal was fragen?“, wandte sich Bettina an die junge Frau, und ich hatte wieder einmal Angst, Bettina würde irgendeine Dummheit machen. Die Kellnerin lächelte und wartete darauf, was Bettina von ihr wissen wollte: „Können Sie mir sagen, was ‚Olivers Lebertraum‘ hier in der Karte ist?“
Ich atmete hörbar aus. Gott sei Dank versuchte sie nicht, über die Kellnerin irgendetwas anderes herauszufinden.
„Das ist Pfälzer Leberwurst mit drei Sorten Brot, Senf und sauren Gurken.“
„Fein“, freute sich Bettina. „Bitte bringen Sie davon auch eine Portion.“
Die Kellnerin notierte unsere Bestellung, verschwand und kam kurz danach mit unserem Essen wieder. Beeindruckt von dem Tempo, in dem alles in der Vinothek ging, machten wir uns über den Spundekäs her. Danach genoss Bettina noch die Leberwurstbrote. Das tat sie mit einer Hingabe, dass man meinen konnte, sie äße ein Traum-Dessert.
Nachdem wir gegessen hatten, ließ sich auch Oliver wieder bei

uns blicken. Er setzte sich zu uns und war bester Laune.
„Warst du eigentlich mal wieder unten im Keller?“, fragte ich ihn, und er wurde verlegen.
„Nein, bisher noch nicht“, gab er zu.
„Darf ich ihn mal sehen?“, fragte Bettina neugierig.
„Na klar. Du kannst ja mit Boris runtergehen. Aber sei bitte vorsichtig. Die Treppe ist sehr steil.“ Die Art, wie er sie darauf hinwies, hatte schon etwas Rührendes.
Oliver stand auf und nahm unsere leeren Teller vom Tisch. „Oh!“, sagte er lächelnd, als er Bettinas Teller sah. „Olivers Lebertraum. War es lecker?“
„Es war echt toll, aber der Name ist etwas komisch“, bemerkte sie.
„Ich wollte ihn witzig machen. So wie Lebertran oder so“, erklärte Oliver.
Sie lächelte, und ich sah ihr deutlich an, dass sie sich bemühte, nicht zu widersprechen, da sie nicht unhöflich sein wollte.
Wir standen auch auf und gingen hinab in den Weinkeller. Es war für uns beide ein komisches Gefühl, die Treppe runterzugehen, auf der der alte Gimpel ums Leben gekommen war. Als wir unten ankamen, zeigte ich Bettina, wie die Veranstaltungen hier früher abliefen. Wo die kleine Bühne stand und wie die Gäste alle auf den Bänken in einer langen Reihe an dem schweren großen Holztisch saßen. Der Tisch hatte gut und gerne eine Länge von sieben Metern und wirkte immer sehr imposant. Rechts und links des Raumes waren

große Bögen mit Zugängen zu den Weinregalen. Hier lagerten alle Weine. Genau am gegenüberliegenden Ende des Raumes waren zwei Toilettentüren. Das war praktisch, da mussten die Gäste, die im Keller feierten oder bewirtet wurden, nicht nach oben und durch die ganze Vinothek gehen.
„Was ist hinter dieser Tür?", fragte Bettina und zeigte auf eine Stahltür auf der linken Seite am hinteren Ende des Raumes.
„Keine Ahnung!", zuckte ich mit den Schultern. „Vielleicht ein Raum mit Putzmitteln oder so?"
Sie ging zum Ende des Gangs und schaute sich um. Neben einer der Toilettentüren hing in einem kleinen Klemmrahmen ein DIN-A4-Zettel, auf dem „Toilettenputzplan" stand. Daneben steckte in einem kleinen runden Hohlraum im Gemäuer ein Kugelschreiber an einer Kordel.
„Hier war anscheinend lange keiner mehr auf Klo!", bemerkte Bettina, denn der letzte Eintrag, an dem gereinigt wurde, lag fast ein Jahr zurück.
Wir gingen zurück zur Treppe und sahen uns die Stelle an, an der der alte Gimpel aufgekommen sein muss.
„Ich kann mir gut vorstellen, wie der hier runtergesegelt ist", sinnierte Bettina. „Wenn du unten unglücklich aufkommst, dann kann das schon kräftig schiefgehen."
Ich nickte und untersuchte den Boden. Es waren keinerlei Spuren zu sehen. Entweder hat es wirklich keine gegeben oder sie sind beseitigt worden.
„Wo war Oliver eigentlich zur Tatzeit?", fragte Bettina.

„Ich habe keine Ahnung", antwortete ich wahrheitsgemäß. Ich hatte irgendwie versäumt, ihn danach zu fragen. „Ich vermute mal, er war nicht da. Sonst wüsste er doch, wer hier noch im Haus war."

Wir gingen wieder nach oben. Als Oliver uns sah, folgte er uns gleich zu unserem Tisch und setzte sich dazu. Er zeigte mir einen Umschlag, auf dem, neben seiner Adresse, groß Einschreiben stand. Er reichte ihn mir und fragte, ob ich ihn einmal unauffällig lesen könnte. Ich schaute in den Umschlag und holte einen mehrseitigen Brief heraus. „Von einem Rechtsanwalt?", fragte ich leise in Richtung Oliver.

„Er ist von Kolls Anwalt. Er will Geld von mir!"

Ich las aufmerksam den Brief und legte ihn dann gefaltet zurück in den Umschlag. „Das ist ja mal ein Ding!", kommentierte ich das Schreiben.

„Was steht denn drin?", wollte Bettina wissen.

„Der Risikomanager will knapp hunderttausend Euro von Oliver. Die würden ihm laut eines Vertrages mit seinem Vater noch zustehen."

„Wofür???", fragte Bettina verblüfft.

„Alles Mögliche!", erklärte ihr Oliver. „Erfolgshonorare und Ausfallhonorare und noch mehr solcher Sachen."

„Kannst du mir eine Kopie von dem Brief machen?", fragte ich Oliver. „Ich würde ihn gerne einmal der Frau Doktor zeigen."

„Das wäre prima", war Oliver erleichtert. „Ich wüsste nämlich nicht, wie ich das bezahlen sollte. Dann müsste ich hier alles

verkaufen."
„Bist du verrückt!", empörte sich Bettina. „Du verkaufst überhaupt nichts! Der kann doch nicht einfach so hunderttausend Euro verlangen!"
„Verlangen schon!", erklärte ich ihr, „Aber ob sie ihm zustehen, das ist eine andere Sache. Kennst du diesen merkwürdigen Vertrag?", fragte ich Oliver.
„Keine Ahnung", zuckte Oliver mit den Schultern. „Du weißt doch, dass ich überhaupt nicht weiß, was der mit meinem Vater immer besprochen hat."
„Dann sollten wir erst einmal den Vertrag anfordern!", schlug ich vor.
„Ich könnte ja mal in Vaters Büro suchen. Vielleicht finde ich ihn", bot Oliver an.
„Nichts da!", protestierte ich. „Wer Geld will, soll seinen Anspruch auch begründen. Vorher gibt es gar nichts! Er soll uns den Vertrag erst einmal schicken."
Oliver strahlte und ging mit dem Brief ins Büro seines Vaters, um eine Kopie zu machen.
„Da haben wir aber Glück", sagte ich zu Bettina, die mich neugierig ansah. „In dem Brief steht die Adresse von dem Risikomanager. Die hätten wir also schon mal!"
„Glaubst du, er kommt damit durch?", fragte Bettina ängstlich.
„Ich weiß es nicht. Ich kann es mir schwer vorstellen, aber man weiß nie."
Als Oliver mit den Kopien zurückkam, fragte ich ihn noch,

was eigentlich aus dem Mitarbeiter mit dem Mercedes AMG geworden wäre.
„Das ist ganz seltsam mit dem Rodenbach“, erklärte er. „Der ist nie wieder aufgetaucht. Ich hatte nur eine Handynummer von ihm, aber immer wenn ich da anrufe, kommt die Ansage: ‚Der Teilnehmer ist uns nicht bekannt. Bitte rufen Sie die Auskunft an.‘“
„Wohnt er hier in der Nähe?“, fragte Bettina.
„Nein. Er wohnt in Dürkheim.“
„Hmmm ...“, überlegte Bettina. „Ich kannte einen Klaus Rodenbach in Dürkheim. Kann er das sein?“
Ich merkte, dass sie log. Vermutlich versuchte sie so, den Vornamen des ehemaligen Mitarbeiters rauszubekommen. Mit Erfolg.
„Nein. Klaus heißt er nicht. Er heißt Dieter!“
„Oh!“, spielte Bettina die Bedauernde. „Hätte ja sein können.“

Es war Zeit nach Hause zu fahren. Bettina musste mich zum Theater bringen, da dort noch mein Auto stand. Und so machten wir uns also auf den Weg.
„Da haben wir doch einiges herausgefunden heute“, freute sich Bettina unterwegs. „Besonders die Adresse von Koll und den Namen und den Wohnort von Rodenbach. Morgen gehe ich gleich in die Recherche.“
Ich lächelte müde und war froh, als ich zu Hause angekommen war und in meinem Bett verschwand.

Am nächsten Morgen wurde ich von meinem Handyklingeln geweckt. Es war kurz nach acht Uhr und auf dem Display erschien eine kroatische Handynummer.
„Tko govori?“, meldete ich mich.
„Hallo Boris! Hier ist Matej, ich bin in Deidesheim angekommen. Kann ich zu dir kommen? Wo wohnst du?“
Ich verdrehte die Augen. Den Sohn der Freundin meiner Mutter hatte ich völlig vergessen, und ehrlich gesagt, überhaupt keine Lust auf seinen Besuch.
„Ich wohne nicht in Deidesheim“, erklärte ich ihm. „Da ist nur mein Theater. Wann bist du angekommen?“
„Vor einer halben Stunde.“
„Dann geh erst mal in die Pension, ich rufe dich an, wenn ich in Deidesheim bin. Das kann aber noch ein bis zwei Stunden dauern.“
Wir verabschiedeten uns, und ich war froh, dass ich mir noch ein bisschen Zeit verschafft hatte.

Gegen viertel nach zehn kam ich in Deidesheim an und ging in mein Büro. Zu meiner Überraschung traf ich dort Clemens vor, der sich lauthals mit Bettina stritt. Gerade als ich das Büro betreten hatte, hörte ich, wie er Bettina erklärte, dass wir ihm zu verdanken hätten, dass die Weinproben bei Gimpels wieder stattfinden würden. Woraufhin Bettina ihn anbrüllte, dass das Einzige, was wir ihm zu verdanken hätten, Übelkeit und Erbrechen wäre. Gleich ging ich dazwischen und beruhigte

die beiden Streithähne. Clemens kam auf mich zu und streckte seinen Zeigefinger aus: „Ich sage nur eins, mein Freund! Sie oder ich!"
„Sie!", antwortete ich, wie aus der Pistole geschossen.
Theatralisch ließ er sich auf meinen Stuhl fallen. „Was habe ich euch getan?", lamentierte er laut. „Was habe ich getan, dass man so mit mir umgeht? Dieses Haus hat mir so viel zu verdanken. Und wie quittiert man es mir? Mit Hohn und Spott! Mit Hohn und Spott!!!"
Er schloss dramatisch die Augen, und ich sah am oberen Lidrand kleine Wunden. Nun fiel mir auf, dass auch unter den Augen Wunden waren. Überhaupt sah sein Gesicht leicht verändert aus.
„Musst du dich nicht noch von deiner schweren Krankheit erholen?", fragte ich ihn ironisch. „Vielleicht fährst du besser nach Hause und ruhst dich aus!"
„Hach!", seufzte er laut. „Ich muss mich nicht erholen. Ich muss spielen. Ich muss auf die Bühne!"
Jetzt bemerkte auch Bettina, dass mit seinem Gesicht etwas nicht stimmte, und prustete plötzlich los. „Du hast dir die Augen machen lassen!", lachte sie.
„Ich musste kleine Korrekturen vornehmen lassen!"
„Tränensäcke!", sagte sie trocken, und Clemens stand langsam auf und ging zur Tür. „Ich erwarte deine Entscheidung wegen der Weinproben in den nächsten Tagen!", sagte er in meine Richtung und verließ das Büro.

„Ich glaube, dem haben sie die Betäubung ins Gehirn gespritzt. Der ist doch nicht ganz dicht“, spottete Bettina.
„Im Leben käme ich nicht auf die Idee, an mir rumschneiden zu lassen. Und besser sieht es nun wirklich nicht aus!“, stellte ich fest.

Endlich kam sie dazu, mir das Ergebnis ihrer ersten Recherchen zu erzählen. Über Risikomanager Koll fand sie heraus, dass diese Firma „RIMIKO Value“ nie offiziell existiert hatte. Und auch beim Land Rheinland-Pfalz wusste man nichts von einer Zusammenarbeit mit Koll oder dieser Firma. Was Bettina wohl herausfand, war, dass Koll früher einmal ein Steuerberatungsbüro in Heidelberg besaß. Allerdings konnte sie noch nicht feststellen, warum er es aufgegeben hatte. Dass an diesem Manager etwas faul war, stand nun eindeutig fest.
Ich gab die Kopien des Anwaltsschreibens, das Oliver mir gegeben hatte, an Bettina mit der Bitte, diese zu scannen und an Frau Doktor zu schicken. Selbst wenn es kein Mord gewesen sein sollte, war es an der Zeit aufzuklären, was bei Gimpel gespielt wurde.
Bettina begann gerade, die erste Seite zu scannen, als mein Handy klingelte. „Mama“ stand im Display, und ich atmete tief durch.
„Boris!“, legte sie wie gewöhnlich gleich los. „Du glaubst nicht, was passiert ist. Ich war eben bei Marijana, und da hat sie erzählt, dass ihre Tochter einen Arzt heiratet!“

Marijana war eine furchtbare Angeberin. Sie hatte in Split einen kleinen Gemüseladen, in dem, so behauptete sie, der ehemalige kroatische Präsident Stjepan Mesić einmal bei einem Besuch eine Zucchini gekauft haben soll. Zeugen dafür gab es keine. Dafür aber ein Foto der Zucchini. Dieses Bild hing an der Wand ihres kleinen Ladens und war ihr ganzer Stolz.

Entweder war ich der Einzige, der sich fragte, wie sie eine Zucchini fotografiert haben konnte, die sie zuvor an jemanden verkauft hatte, oder es hatte sich keiner getraut, sie genau das zu fragen.

Jedenfalls pflegte meine Mutter einen lockeren Kontakt zu ihr und regte sich jedes Mal darüber auf, dass Marijana wieder mit irgendetwas angab.

„Es ist doch schön, wenn ihre Tochter gut verheiratet wird", sagte ich verbindlich.

„Schön? Was ist daran schön?", empörte sich meine Mutter. „Sie hat gesagt, dass wir ihre Tochter nach der Hochzeit mit ‚Frau Doktor' anreden müssten. Stell dir das mal vor!"

„Aber du hast doch gar keinen Kontakt zu der Tochter. Da kann es dir doch egal sein!", versuchte ich sie zu beruhigen.

„Weißt du, was ich ihr gesagt habe?", fragte sie mit diesem schelmischen Unterton, den sie immer hatte, wenn sie jemanden in ihren Augen schachmatt gesetzt hatte. „Ich habe gesagt, wenn meine Tochter einen Doktortitel haben will, dann macht sie ihn selbst! Pah!"

„Mama!?", sagte ich vorsichtig.
„War ich gut?", fragte sie triumphierend.
„Mama!? Du hast keine Tochter!"
„Du bist ein Spielverderber!", war sie beleidigt. „Das weiß diese Klatschtante doch nicht! Was macht Matej? Ist er da? Kümmer dich um ihn!"
Matej hatte ich völlig vergessen. Um meine Mutter zu beruhigen, empörte ich mich nun doch ein bisschen, dass besagte Tochter auf dem Standesamt promovierte, und versprach, dass ich gut auf Matej aufpassen würde.
Kaum hatte ich aufgelegt, da ging auch schon die Bürotür auf, und Matej kam herein. „Boris!", rief er übertrieben laut. „Man kann hinkommen, wo man will. Dich kennt man überall. In der Pension habe ich gesagt, dass ich dein Cousin bin. Schon haben sie mir ein Frühstück spendiert."
„Das hast du doch hoffentlich nicht angenommen", mahnte ich ihn.
„Natürlich! Was nichts kostet, nehme ich an. Außerdem: Was schadet es der Pension? Die haben Geld genug."
Ich machte ihn kurz mit Bettina bekannt, die ihn von oben bis unten skeptisch musterte, und schickte sie dann unter einem Vorwand in den Theatersaal. Dann nahm ich mir Matej vor. Ich erklärte ihm, dass die Dinge in Deutschland in vielen Bereichen anders liefen als in Kroatien. Vor allem sollte er aufhören, ständig auf meine Kosten oder über meine Kontakte Geld zu sparen.

„Deine Mutter hat erzählt, du wärst hier in Deutschland ein berühmter Mann. Und scheinbar stimmt das ja auch!", lachte er.
Ich drohte ihm an, der ganzen Familie in Kroatien zu erzählen, dass es finanziell bei ihm derzeit nicht gut aussähe, wenn er sich nicht ab sofort etwas zivilisierter benehmen würde.
Sofort lenkte er ein und versprach, sich ab jetzt vorbildlich zu verhalten.
„Prima!", antwortete ich zufrieden. „Dann fang gleich mal damit an und geh bitte. Ich habe heute einiges zu arbeiten und wenig Zeit. Vielleicht treffen wir uns heute Abend gegenüber in der ‚Kanne'. Ich werde meinen Freund David fragen, ob er auch kommen möchte."
Wir vereinbarten, dass wir uns um zwanzig Uhr fünfzehn, wenn die Vorstellung begonnen hatte, treffen würden. Er freute sich und verschwand wieder.

Bettina kam zurück. „Ist der komische Vogel wieder weg?" Sie hielt mir eine Mappe mit Kostümzeichnungen entgegen.
„Was soll ich denn damit?", fragte ich erstaunt.
„Dafür hast du mich doch weggeschickt."
Ich nahm die Mappe, bedankte mich und legte sie auf meinen Tisch.
„Hast du den Anwaltsbrief an Frau Doktor geschickt?"
„Aber klar! Alles raus."

Es war vielleicht nicht höflich, der Mail mit dem Schreiben von Kolls Anwalt direkt hinterherzutelefonieren, aber ich wollte keine unnötige Zeit verlieren und nahm mein Handy und rief die Anwältin an.
Nach dem fünften Klingeln wollte ich gerade auflegen, als sie sich meldete. „Hallo, Mister Boris!“, sagte sie, nachdem ich sie begrüßt hatte. Ich fragte sie, ob sie uns in der Sache helfen konnte und ob der arme Oliver überhaupt eine Chance hätte.
„Mister Boris, es tut mir leid. So gerne ich natürlich neue Mandanten habe, aber in der Sache kann ich leider nichts machen. Das ist überhaupt nicht mein Fachgebiet. Vielleicht wenden Sie sich doch besser an eine Kollegin oder einen Kollegen.“ Dann legte sie auf.
„Das ist jetzt schon das zweite Mal, dass sie mich hängen lässt“, sagte ich zu Bettina, die mich fragend ansah.
„Warum macht sie das?“
„Ich weiß es nicht. Beim letzten Mal dachte ich, dass es wegen Leander wäre. Sie wollte ja ein Büfett für ihre Einweihung haben, da konnte ich mir gut vorstellen, dass sie sich nicht mit ihm wegen mir streiten wollte. Aber jetzt? Sehr eigenartig.“
„Wen hast du alles bisher auf deiner Verdächtigenliste stehen?“, fragte Bettina.
Ich zog mein Notizbuch hervor, blätterte die Seite auf, die ich in Kroatien angefangen hatte, und las vor: „Also Koll, dann Rodenbach mit dem AMG und Frau Doktor. Oliver hatte ich auch aufgeschrieben, ihn aber wieder gestrichen.“

„Warum?“, fragte Bettina.
„Hältst du ihn für verdächtig?“
Bettina überlegte zu meiner Überraschung. „Manchmal sind es die nettesten Menschen, die einen enttäuschen!“
„Jetzt klingst du wie Onkel Miloš“, lachte ich.
„Ja, ist doch so. Aber im Fall von Oliver glaube ich es nicht. Du hast doch schon mal gesagt, er wäre wie ein Hund, der seinen Herrn verloren hat. Da ist wirklich was dran.“
„Apropos Hund!“, unterbrach ich ihren philosophischen Gedanken. „Die Frau mit dem Hund, Bretzenheim oder so ähnlich heißt die, die ist doch auch seltsam.“
„War das die auf der Beerdigung, die weit hinter uns stand mit dem Kinderwagen und dann sofort verschwunden ist?“, versuchte sich Bettina zu erinnern.
Während ich den Namen in mein Notizbuch schrieb, erklärte ich ihr, dass ich unbedingt mehr über diese Frau erfahren wollte. Irgendetwas war mit dieser Frau, und ich wollte es herausfinden.
„Wann soll eigentlich die erste Weinprobe im Weingut Gimpel stattfinden?“, wurde Bettina wieder dienstlich.
Da Oliver es relativ eilig hatte, die Veranstaltung stattfinden zu lassen, hatte ich an einen kurzfristigen Termin gedacht. Die Demenzuhr an der Wand zeigte „Samstag, 05. November“ an. Kurz rechnete ich im Kopf die Tage durch, nahm dann meinen Kalender, um einen Termin zu überprüfen, und nannte Bettina den 24. November.

„Musst du da nicht selber spielen?“, erkundigte sie sich.
„Nein, da habe ich frei. Der Freitag wäre perfekt.“

Wir beschlossen kurzfristig, zu Oliver rauszufahren, um die ersten Dinge zu besprechen. Unter anderem brauchten wir die Adressen der üblichen Gäste.
Bettina bot sich an zu fahren, und so machten wir uns auf den Weg. Unterwegs schickte ich David eine Nachricht mit der Bitte, doch abends in die ‚Kanne‘ zu kommen, damit ich den Abend mit Matej nicht alleine verbringen musste. David schickte einen Daumen hoch, und wir machten uns im Auto Musik, die wir lauthals mitsangen.

Der Regen setzte gerade ein, als wir auf den Hof des Weinguts einfuhren. Während wir schnell ins Haus liefen, sah ich aus den Augenwinkeln Frau Bretzenheim mit ihrem Hund im Kinderwagen die Straße vorbeiwatscheln. Ihre Haare hingen, aufgrund des Regens, noch sauerkrautartiger an ihrem Kopf herunter, und auch ihre Mundwinkel schienen heute noch tiefer zu sein als üblich.
Oliver empfing uns und half uns aus den Jacken. Es war angenehm warm in der Vinothek, und wir waren froh, dass wir gemütlich im Trockenen saßen. Während wir uns noch fröhlich begrüßten, machte er uns Latte Macchiato aus Bohnen einer Pfälzer Kaffeerösterei.
„Das mit Frau Doktor ist ja ein Ding!“, bemerkte er, während

er die Gläser auf den Tisch stellte.
„Ja", bestätigte ich. „Das ist wirklich ein starkes Stück. Aber ich habe eine Idee. Am besten ist, du forderst den Vertrag selber an."
„Wie soll ich das machen?", fragte Oliver verunsichert.
Bettina lächelte ihm aufmunternd zu und bat ihn, das Schreibprogramm seines Laptops aufzumachen. Danach stellte sie es vor sich und bat mich, zu diktieren. Nach einer kurzen Überlegung fiel mir ein entsprechender Text ein.
„Sehr geehrter Herr Rechtsanwalt, Ihr Schreiben vom zweiten November habe ich erhalten. Leider ist mir der von Ihnen angesprochene Vertrag nicht bekannt. Daher bitte ich Sie, Ihre Forderungen anhand von weiteren Dokumenten zu belegen. Für Ihre Mitteilung notiere ich mir eine Frist bis zum zwölften November. Sollte ich bis dahin nichts weiter von Ihnen gehört haben, betrachte ich die Sache als erledigt. Mit freundlichen Grüßen."
Eifrig hatte Bettina mitgetippt und korrigierte den Text noch schnell und nickte dann zufrieden. Oliver war zutiefst beeindruckt.
„So!", sagte ich schließlich, „Und diesen Brief druckst du dann aus und schickst ihn ab. Mal sehen, was dann kommt."
Oliver bedankte sich und wollte nun, auch zu unserer Freude, zum Geschäft kommen.
Als Erstes baten wir ihn um eine Liste mit den üblichen Teilnehmern der Weinproben. Jedoch zuckte Oliver nur mit

den Schultern. „Wo soll ich die herhaben?“
„Vielleicht aus den Unterlagen im Büro deines Vaters?“, schlug Bettina fragend vor.
„Wir können gerne mal nachsehen“, bot er an, „Aber ich habe keine Ahnung, wo so etwas sein könnte.“
Er stand auf, und wir folgten ihm ins Büro. Ich war erstaunt, wie ordentlich und aufgeräumt alles war. Offen gestanden hatte ich Chaos von Unterlagen, Akten und Papieren erwartet, aber Oliver schien ein ordnungsliebender Mensch zu sein. Vor allem freute ich mich, dass er es geschafft hatte überhaupt den alten Arbeitsplatz seines Vaters wieder zu betreten und auch zu benutzen.
Ich öffnete die Tür eines Aktenschranks und wollte mir gerade die Aufschriften der Aktenrücken ansehen, als Oliver mich ein Stück zurückzog. „Bitte nichts durcheinanderbringen. Ich habe hier überall mit Mühe und Not einigermaßen Ordnung gemacht.“
Bettina lachte laut auf. „Bei uns im Büro lasse ich ihn auch nicht an die Schränke!“, erklärte sie dem verwunderten Oliver, der nun auch lachte. „Armer Boris!“, tröstete er mich übertrieben amüsiert.
„Dabei mache ich gar nichts!“, protestierte ich. Worauf Bettina ergänzte: „Das stimmt! Nichts! Außer Chaos!“
Ich spielte den Beleidigten, und wir lachten.
„Könnten irgendwelche Listen im Computer hier sein?“, fragte Bettina.

„Ich kann ihn leider nicht starten!“, sagte Oliver entschuldigend.
„Vielleicht mal den Knopf drücken?“, schlug Bettina technisch vor und zeigte auf den Power-Schalter.
Oliver lachte. „So schlau bin ich auch. Er ist gesperrt, und ich kenne das Passwort nicht.“
„Hast du mal ein paar Sachen ausprobiert?“, wollte ich wissen.
„Nur zwei“, erklärte Oliver, „Mehr habe ich mich nicht getraut. Ich hatte Angst, dass er dann gar nicht mehr zu starten ist.“
„Könnte es irgendwo einen Hinweis geben?“ Bettina hatte wieder Lust zu forschen.
„Könnte sein“, mutmaßte Oliver, „Aber ich habe im Moment leider keinerlei Idee.“
„Vielleicht finden wir irgendwo anders die Namen, die wir suchen“, hoffte ich und bat Oliver, ein paar Akten aus dem Schrank zu nehmen.

Fast eine Stunde suchten wir gemeinsam nach Namen, Telefonnummern oder wenigstens E-Mail-Adressen. Aber es war nichts zu finden. Einen Teil der Leute kannte ich mit Namen, aber bei weitem nicht alle. Es waren immer zwischen zwanzig und dreißig Gäste da. Oliver wollte den Steuerberater fragen, ob es irgendwelche Rechnungen oder Ähnliches gäbe, aus denen man einen Kontakt herleiten konnte.
Als Nächstes berieten wir uns über das Weinangebot, zu dem Oliver ein paar passable Sorten vorschlug. Bettina notierte

eifrig alles, und ich schickte eine WhatsApp an Christoph Hatzky mit der Frage, ob er an dem besagten Termin wieder für Unterhaltung sorgen könnte.
Abgesehen von der fehlenden Gästeliste, machte uns die Planung Spaß, und Oliver belohnte uns mit einem zweiten Kaffee.
„Was machen wir mit dem Catering?“, fragte ich in die Runde.
„Leander?“, fragte Bettina. „Willst du ihn nicht doch noch mal fragen?“
Ich zögerte, denn ich war immer noch sauer auf ihn. Und in bestimmten Dingen war ich nun mal leider nachtragend. Und dies war so ein Fall.
„Was ist mit deinem Koch hier in der Vinothek?“, fragte ich Oliver.
„Der wäre damit völlig überfordert. Der macht hervorragende Sachen, die wir auf der Karte haben. Aber solches Makramee auf dem Teller, wie Leander immer gemacht hat, kann er im Leben nicht“, erklärte er.
„Könnten wir ihn nicht doch mal fragen?“, versuchte ich es noch einmal.
„Versuchen können wir es, aber ich glaube nicht, dass es was wird.“
Bettina machte schließlich einen anderen Vorschlag. „Was ist denn, wenn der Koch die Klassiker aus der Vinothek macht? So, wie Spundekäs und Handkäs und Saumagen und deinen Lebertraum? Das könnten wir doch dann als ‚exklusives Pfalz-

Büfett‘ anbieten.“
Oliver zwinkerte ihr zu, winkte aber ab. „Das können wir nicht machen. Wenn es exklusiv sein soll, dann muss auch was Exklusives auf den Teller.“
Beide versuchten noch auf mich einzureden, vielleicht doch Leander aufzusuchen, und ich versprach, es mir bis zum nächsten Tag zu überlegen.
Soweit waren wir mit unserer Besprechung zufrieden. Oliver schenkte jedem noch ein kleines Schlückchen Kastanienlikör ein, und wir prosteten auf unser erstes gemeinsames Projekt. Schließlich war es Zeit aufzubrechen. Wir verabschiedeten uns, und Oliver wollte noch schnell den Brief ausdrucken, um ihn pünktlich zur Leerung in den Briefkasten zu werfen.

In unserem Büro in Deidesheim wickelten Bettina und ich noch ein paar Dinge ab und kümmerten uns um das Publikum und den Beginn der Vorstellung, sodass ich pünktlich zu Matej und David in die „Kanne“ kam.
Es wurde noch ein ausgelassener Abend, und Matej zeigte sich als amüsanter Unterhalter. Er erzählte uns alles über den Tanzwettbewerb in Heidelberg, und wir hörten aufmerksam zu.
„Ist das nicht Clemens da an dem Tisch mit dem Mann?“, fragte David.
Ich drehte mich um und stellte fest, dass David recht hatte. Sie verabschiedeten sich gerade, und als der fremde Mann gegangen war, kam Clemens zu uns an den Tisch. „Ich

vermute mal, meine Anwesenheit ist nicht genehm!"
„Warum?", fragte ich und forderte ihn auf, Platz zu nehmen.
Clemens ließ sich auf einen Stuhl nieder, und er und Matej stellten sich gegenseitig vor.
„Sie tanzen?", fragte Clemens mit einer gewissen Bewunderung. „Was ist Ihr Bravourstück? Walzer? Cha-Cha-Cha? Paso-Doble?"
„Ganz einfach Foxtrott", antwortete Matej.
„Foxtrott!", wiederholte Clemens theatralisch. „Ein wunderbarer Tanz. Man glaubt kaum, dass er Anfang Neunzehnhundert in Nordamerika entstanden ist. Großartig. Zu uns kam er ja dann erst nach dem Ersten Weltkrieg."
„Woher weißt du denn sowas?" Ich war verblüfft.
„Allgemeinbildung, mein Lieber!", antwortete er und tätschelte meinen Arm. Dann rückte er seinen Stuhl näher an den Tisch und sah Matej verschwörerisch an. „Ich habe da eine Idee. Wir machen eine Art Soiree. Ausgewählte Gäste im Theater, ich erzähle die Geschichte des Foxtrotts, und Sie tanzen jeweils dazu. Was halten Sie davon?"
Matejs Augen leuchteten. Er war begeistert von dem Vorschlag, und beide sahen mich nun erwartungsvoll an.
„Ich finde die Idee auch großartig! Ich hoffe nur, dass ihr ein Theater findet, das den Unsinn mitmacht", machte ich ihre Hoffnung zunichte.
Clemens stand auf und funkelte mich böse an. „Von Kultur hast du eben keine Ahnung! In deinem Bumms!"

Dann verabschiedete er sich von Matej und verließ den Laden. David und ich lachten. Wir kannten Clemens und seine tausend Ideen gut genug. Und keine war bisher in irgendeiner Weise brauchbar. Der Einzige, der uns leidtat, war Matej, der schon seinen großen Durchbruch in Deutschland sah. Allerdings tröstete er sich damit, dass er dieses Konzept in Kroatien ausprobieren wollte.
Wir winkten der Bedienung, die leider nicht Justus war, denn der hatte seinen freien Abend, bezahlten und verließen dann fröhlich die Weinstube.
Als Matej in Richtung seiner Pension ging, wollte ich mit David noch den Moment nutzen, um ein kurzes Gespräch unter vier Augen zu führen. Gerade, als ich ihn fragen wollte, ob er dringend nach Hause müsste, zwinkerte er mir kurz zu und sagte: „Gehen wir wieder rein?" Ich lachte und ging zur Tür und hielt sie ihm weit auf. Unser Tisch war noch frei, und so setzten wir uns wieder.
„Eigentlich ein bisschen asi", bemerkte er.
„Wieso?", fragte ich, „Ich bin doch nicht Matejs Kindermädchen und darf doch entscheiden, mit wem ich meinen Abend verbringe."
Wir bestellten uns noch einen Wein, und David begann das erste Mal von seinem Liebeskummer zu erzählen. Ich hörte ihm als aufmerksamer Freund zu und legte meine Hand kurz auf seinen Unterarm. „Ich weiß nicht, was ich sagen soll. Aber es tut mir echt leid!"

Mehr brauchten wir nicht über die Sache zu sprechen, und ich fühlte wieder das enge, freundschaftliche Band, das wir miteinander hatten.

„Wie sieht es eigentlich bei Gimpel aus?", fragte David.

„Ich habe so langsam das Gefühl, dass da komische Sachen gelaufen sind. Sehr komische Sachen. Jedenfalls stimmt da was ganz erheblich nicht. Ich kann dir nur nicht sagen, was. Aber was ich langsam vermute, ist, dass es keinen Mord gegeben hat."

David zog eine Augenbraue hoch. „Wie kommst du da drauf?"

„Es gibt irgendwie keine wirklichen Tatverdächtigen und auch keine Motive."

„Dafür aber doch ein paar skurrile Typen, mit denen er zu tun hatte", ergänzte David. „Hast du mal die Alibis geprüft?"

„Dazu müsste ich erst mal an die Leute drankommen. Aber du hast recht. Vielleicht sollte ich da mal mit anfangen."

„Unbedingt!", ermutigte er mich. „Wenn schon kein Mord, dann irgendeine große Sache. Und der arme Oliver hat null Ahnung davon, in welchen krummen Geschäften sein Vater möglicherweise drinsteckte."

„Irgendetwas werde ich schon herausfinden!", war ich sicher.

Wir tranken noch ein Glas Wein und verließen dann die „Kanne". Ich überlegte kurz, ob ich noch nach Hause fahren sollte, aber es waren doch zu viele Gläser an dem Abend, sodass ich im Theater auf einer Couch übernachtete. David nahm sich ein Taxi, und so endete der Tag.

8. Manchmal hilft nur kriminelle Energie

Es war mittlerweile Montag, und ich saß verschlafen in meinem Büro. Am Abend zuvor hatte ich einen Soloauftritt in einem kleinen Weingut, und das Publikum hatte auch nach der vierten Zugabe überhaupt keine Lust zu gehen. Etwas, was einem Künstler nicht so oft passiert. Mehr als einmal ist es schon passiert, dass beim Finale die ersten Gäste aufstehen, damit sie nicht an der Garderobe warten müssen oder weil sie Angst haben, im Parkhaus im Stau zu stehen.

Dann wiederum gab es Ehepaare, bei denen ich am Ende sage: „Danke, dass ihr da gewesen seid. Vielleicht bis zum nächsten Mal. Gute Nacht. Laku noć."

Dann springen beide auf, wobei der Mann sich zielstrebig auf den Weg zum Ausgang durch die Reihe quetscht, und seine Frau hingegen „Zugabe! Zugabe!" ruft und überhaupt noch keine Lust hat zu gehen. Wenn er dann merkt, dass ich noch eine Zugabe gebe und seine Frau sich wieder hinsetzt, quält er sich durch die Reihe zurück auf seinen Platz und schaut seine Frau vorwurfsvoll an.

Aber ob so oder so, mein Publikum war immer wieder klasse. Und am Tag zuvor war es das besonders.

Jetzt saß ich also an meinem Schreibtisch und gähnte fortwährend vor mich hin. Bettina schenkte mir den dritten

Becher Kaffee ein und hoffte mit mir zusammen, dass er endlich wirken würde.
Mein Handy piepte, und ich sah auf das Display. „Kolls Anwalt hat den Vertrag gemailt!", schrieb Oliver, und mit einem Schlag war ich hellwach.
„Kannst du ihn mir rüberschicken?", schrieb ich zurück, und er antwortete nur mit einem „Daumen hoch".
Ungeduldig rief ich meine E-Mails ab. Ich war sehr neugierig auf dieses Dokument, da ich hätte schwören können, dass es überhaupt nicht existierte.
Endlich erschien die Mail auf meinem Computer. Ich öffnete sie und klickte auf den Anhang. Es war eine PDF-Datei mit acht Seiten und beinhaltete einen Beratervertrag zwischen Koll und dem alten Gimpel. Ich hatte viel Mühe, ihn zu verstehen, da er sehr verklausuliert geschrieben war. Was ich allerdings verstand, war, dass, egal welche Ereignisse eintreten würden, es immer zu Gunsten dieses Kolls sein würde.
Ich nahm mein Handy und rief Frau Doktor an. „Ciao, Mister Boris. Come stai?", meldete sie sich.
„Sind Sie im Ausland?", fragte ich gleich.
„Ich bin gerade in Florenz. Ich habe hier einen Mandanten, Signore Conducci. Er lebt zwar in Deutschland, hat hier aber ein paar Buchetta-Läden. Kennen Sie die? Googeln Sie mal ‚Buchette del vino'. Es wird Ihnen gefallen."
Ehrlich gesagt hatte ich keinerlei Interesse an irgendwelchen ausländischen Läden. Dafür war ich viel zu viel mit meinem

eigenen Laden und Olivers Weingut beschäftigt. Ich erzählte ihr kurz von dem Vertrag und bat sie, sich ihn einmal anzusehen.
„Das tut mir schon wieder leid, Mister Boris, aber ich habe da im Moment keine Zeit zu. Ich kann Ihnen leider nicht helfen."
Es ärgerte mich, dass sie mich zum wiederholten Male sitzen ließ.
„Vielleicht ist das jetzt eine gute Gelegenheit, doch wieder Kontakt mit Leander aufzunehmen", schlug Bettina vor.
„Was hat denn Frau Doktor mit Leander zu tun?", wunderte ich mich über ihren Gedankengang.
„Denk an den Besuch von ihr in der ‚Kanne'. Vielleicht kannst du ihm davon erzählen und fragen, ob er eine Ahnung hat, wieso sie ein Geheimnis mit Justus hat."
Die Idee war gar nicht mal so schlecht. Und die Beziehung zu Leander wieder aufzunehmen, war genau genommen gar nicht so dumm. Schließlich brauchten wir seine Buffets im Theater, sowie bei den Weinproben.
„Okay!", sagte ich schließlich, „Ihr habt mich überzeugt."
Bettina strahlte. „Fährst du hin?"
„Nein, ich rufe ihn erst einmal an. Den Rest sehen wir dann."
Ich nahm mein Handy und wählte Leanders Nummer. Es dauerte einen Moment, bis er sich meldete, und während das vierte Freizeichen zu hören war, fiel mir ein, dass ich überhaupt nicht wusste, wie ich das Gespräch beginnen sollte. Gerade wollte ich auflegen, da meldete er sich auch schon. „Boris!",

hörte ich seine vertraute tiefe Stimme aus dem Handy. „Was kann ich für dich tun?“
„Öhm ...“, stammelte ich. „Ich wollte fragen, ob wir uns mal treffen können. Wenn du willst, komme ich zu dir in die Metzgerei.“
Es dauerte einen Moment, bis er antwortete. „Das können wir gerne machen, allerdings bin ich im Moment im Ausland. Ich komme erst nächste Woche wieder.“
„Okay“, sagte ich schließlich. „Ich rufe dich dann noch mal an.“

Genau wie ich, war auch Bettina über die Aussage von Leander verwundert. Sicherlich konnte jeder hinfahren, wo er wollte, aber die Art, wie er es sagte, war seltsam. Wäre er im Urlaub, dann würde er doch sicher auch „Urlaub“ sagen. Ganz simpel: „Ich bin im Urlaub, ich melde mich!“, oder so ähnlich. Aber die Aussage „Ich bin im Ausland“ fand ich seltsam.
„Vielleicht ist er auf einem Metzgerei-Kongress?“, mutmaßte Bettina.
„Wo soll denn der sein? Nein, nein, nein!“, sagte ich zu ihr. „Komm, wir fahren nach Dürkheim. Das will ich jetzt wissen.“
Auch wenn Bettina keine Ahnung hatte, was ich plante, nahm sie ihre Handtasche und folgte mir auf den Parkplatz.
„Ich fahre!“, gab ich ihr direkt zu verstehen, öffnete die Beifahrertür meines Autos und ließ sie einsteigen. Zügig fuhren wir über die Bundesstraße zum Parkhaus am Casino und waren keine fünfzehn Minuten später da. Auf dem Weg

zur Metzgerei fragte mich Bettina noch einmal, was ich vorhatte, aber ich antwortete nicht und ging mit ihr in den Laden.

Es war relativ ruhig, und eine der Verkäuferinnen bediente eine ältere Dame. Als die Dame bezahlt hatte und ging, fragte ich die Verkäuferin, ob ich mit Leander sprechen könnte.

„Hat er Sie bestellt?", fragte die Verkäuferin irritiert.

„So kann man es nicht sagen", wich ich ihrer Frage aus. „Ist er da?"

„Leider nein! Er kommt auch erst nächste Woche wieder", antwortete sie.

Auf einmal verstand Bettina und lächelte die Verkäuferin freundlich an. „Ach, dann ist er also schon in Spanien, richtig?"

„In Spanien?", wieder war die Frau hinter der Theke irritiert. „Nein. Er ist nicht in Spanien. Er ist in Italien!"

Bei der Art, wie Bettina die Frau scheinheilig ausfragte, kam es mir vor, als hätte sie als Kind zu viele TKKG-Kassetten gehört. Allerdings war ich mit dem Ergebnis sehr zufrieden.

„Ach", sagte Bettina dann weiter in Kinderhörspiel-Manier, „dann ist er sicher bei dem Kongress."

„Nein, er ist privat dort. Aber es tut mir jetzt leid. Mehr kann ich nicht sagen."

Wir verabschiedeten und bedankten uns höflich und verließen den Laden. Vor der Tür blieben wir stehen. Ich wollte gerade etwas sagen, als Bettina noch einmal in den Laden ging.

Besorgt ging ich ihr hinterher. Inständig hoffte ich, dass sie nichts Dummes oder Verdächtiges fragen würde.
„Kann ich noch was für Sie tun?", fragte die Verkäuferin.
„Geben Sie mir bitte noch ein Stück von der Leberwurst!"
Die Verkäuferin schnitt ihr ein großes Stück ab, wog es aus und packte es ein. Bettina bezahlte und verließ mit mir den Laden.
„Für Oliver", erklärte sie und wirkte wieder ein klein bisschen verlegen.
Die erste Frage, die Bettina mir auf der Rückfahrt stellte, war, wie ich darauf gekommen war, dass Leander mit Frau Doktor in Italien war. Worauf ich ihr erklärte, dass ich es nicht gewusst, aber irgendwie geahnt hatte. Ob es allerdings stimmt, würden wir dann noch sehen, denn bisher wussten wir nur, das sich beide im selben Land aufhielten.
Als wir kurz vor Deidesheim waren, fragte Bettina, ob wir noch eben zum Weingut fahren könnten. Sie würde Oliver gerne die Leberwurst bringen. Ich nickte und fuhr direkt durch nach Edesheim.

Vor vielen Jahren erlebte ich einmal einen kleinen Jungen auf seinem Geburtstag in Kroatien. Die Familie lebte in der Nachbarschaft, und meine Familie und ich kannten sie sehr gut. Der Junge wurde an dem Tag neun Jahre alt und schwärmte für Fußball. Er hatte sich Turnschuhe gewünscht. Meine Mutter rief mich damals in Deutschland an und fragte, ob ich für den Jungen Schuhe mitbringen könnte, dann hätten wir ein Geschenk für ihn. Im Internet bestellte ich die Kinderausgabe der originalen Schuhe der kroatischen Nationalmannschaft. Als das Kind die Schuhe auspackte, war er nicht mehr zu beruhigen, so freute er sich über das Geschenk. Die ersten Nächte hatte er sie sogar zum Schlafen getragen. Diese Freude werde ich nie vergessen.

Das ganze Szenario fiel mir wieder ein, als ich sah, wie Oliver sich über die Leberwurst von Bettina freute. Allerdings ging ich nicht davon aus, dass er sie mit ins Bett nehmen würde. Die Leberwurst, wohl gemerkt. Ob es zwischen ihm und Bettina mal dahin führen würde, das wusste ich natürlich nicht.

Als alle Freude beigelegt war, gingen wir in die Vinothek, und ich berichtete. Auch Oliver war sich sicher, dass das Dokument, das der Anwalt gemailt hatte, eine unverschämte Fälschung war.

„Wenn wir jemanden kennen würden, der sich mit Fälschungen auskennt“, überlegte Oliver. „Alles in allem sieht es total echt aus. Aber mein Vater hätte sowas nie unterschrieben.“

Mir kam eine Idee, und ich nahm mein Handy und versuchte noch einmal Frau Doktor zu erreichen. „Mister Boris!“, meldete sie sich nach kurzem Klingeln. „Was kann ich für Sie tun?“

„Ich weiß ja, dass Sie im Moment in Italien sind. Sind Sie da übrigens gut untergebracht? Haben Sie ein schönes Hotel?“

„Wenn ich hier bin, wohne ich immer in einem sehr schönen,

luxuriösen Hotel. Das Arte Boutique Hotel. Erste Klasse. Ich schicke Ihnen später mal Bilder. Was kann ich denn für Sie tun?"

„Haben Sie für mich mal eben die Telefonnummer von Rüdiger, dem Neffen von Frau Wiesemann?"

„Die kann ich Ihnen leider nicht geben", bedauerte sie. „Ich habe ja Mandanten gegenüber eine Schweigepflicht!"

Allmählich merkte ich, dass ich wütend wurde. Dauernd hatte mir diese Frau gesagt, dass ich mich, wann immer ich ein Problem hätte, an sie wenden könnte, aber jedes Mal, wenn ich etwas fragen will, kann sie mir nicht helfen.

„Darf ich Sie daran erinnern, Frau Doktor, dass ich Ihnen den Mandanten vermittelt habe? Bitte geben Sie mir die Nummer!"

Nach einigem Zögern versprach sie, mir die Nummer und ein paar Fotos per WhatsApp zukommen zu lassen. Ich bedankte mich und wartete auf die Nummer. Wie ich ahnte, kamen zunächst sieben Fotos von dem edlen Hotel und den wirklich vornehmen Zimmern. Allerdings hatte ich überhaupt kein Interesse daran. Endlich kam dann auch Rüdigers Handynummer.

Sofort rief ich ihn an. Seltsamerweise war er überhaupt nicht erstaunt, dass ich mich bei ihm meldete. Im Gegenteil, er freute sich und fühlte sich, seltsamerweise, auch geehrt, dass wir ihn als Experten für Fälschungen und Betrug zu Rate ziehen wollten.

Ich erklärte ihm kurz die Sachlage und bat ihn, sich das

Dokument einmal genauer anzusehen. Vielleicht konnte er irgendetwas entdecken, was daran nicht stimmte. Irgendeine Kleinigkeit, die verrät, dass das Dokument niemals echt sein konnte.
Rüdiger schlug vor, dass ich den Vertrag bei seiner Tante in den Briefkasten werfen sollte. Er würde ihn dann am nächsten Tag abholen.
„Ich habe irgendwie ein gutes Gefühl!", sagte Bettina, nachdem ich aufgelegt hatte.
„Ich auch!", sagte Oliver. „Möchte jemand ein Leberwurstbrot?"
Wir lachten und lehnten ab.
„Zeig mal die Bilder von dem Hotel!", bat Bettina. „Ich möchte mal sehen, wie feudal Frau Doktor wohnt."
Amüsiert sahen wir uns die Fotos an, die, und das musste man zugeben, ein ziemlich dekadentes Hotel zeigten. Plötzlich entdeckte Bettina etwas, was sie stutzen ließ. „Trägt Frau Doktor schwarze Herrenhemden?"
„Ich kann es mir eigentlich nicht vorstellen", überlegte ich.
„Komisch!", sagte Bettina wieder. „Hier auf dem Bild liegt eins auf dem Bett."
Wir sahen uns das Bild genauer an und plötzlich schien sich unsere Vermutung zu verdichten.
Hektisch holte Bettina ihr Handy aus der Handtasche, ging in die Einstellungen, ließ die eigene Nummer unterdrücken und suchte im Internet nach dem Hotel. Als sie es gefunden hatte, rief sie dort an. Oliver und ich beobachteten sie gespannt.

„Hello?“, sagte sie plötzlich, als sich jemand am anderen Ende zu melden schien. „This is Miss Sheryl York speaking. Could it be that Sir Leander Bartenberg is staying at your hotel?“
Oliver und ich sahen uns verwundert an.
Nachdem sie auf ihre Frage irgendeine Antwort bekommen hatte, sagte sie hektisch: „Oh, I do apologize. An important call is coming through. I'll get back to you shortly“, und legte auf.
Triumphierend strahlte sie uns an. „Ratet mal, was!? Leander ist tatsächlich im Hotel bei Frau Doktor!“

Die Rätsel wurden immer größer, und auf dem Rückweg nach Deidesheim hatten Bettina und ich Mühe, die ganzen Ereignisse zu ordnen und nachzuvollziehen.
Aber es wurde noch absurder, als Rüdiger mich am nächsten Abend anrief, um mir zu sagen, dass die erste Auffälligkeit in dem ominösen Vertrag wäre, dass es diesen besagten Anwalt gar nicht geben würde. Weder im Internet noch im Verzeichnis der Anwaltskammer war der Name verzeichnet. Was bedeuten würde, dass entweder der sogenannte Anwalt ein einfacher Bekannter oder Freund von Koll war, oder schlimmer noch, Koll gar nichts von diesem Versuch, an Geld zu kommen, wusste und sein Name dazu missbraucht wurde.
Wir verabredeten uns für den nächsten Abend im „Da Lillo“.
Schon lange war ich nicht mehr in dieser gemütlichen Pizzeria, die nur ein paar Gehminuten von unserem Theater entfernt

lag. Das besondere an ihr war aber, dass sie zum Deidesheimer Tennisclub gehörte und so hatte man vom Restaurant einen tollen Blick auf die Bahnen. Meine Lieblingspizza dort war eine einfache, leckere Margherita und auf die freute ich mich an diesem Tag.
Kurz rief ich Oliver an, um zu fragen, ob er auch dabei sein wollte, aber er musste leider passen, da er in seiner Vinothek eine Geburtstagsvermietung hatte und sein Personal mit der Gesellschaft nicht alleine lassen wollte. Daher lud ich Bettina ein, die sofort zusagte, weil sie wahrscheinlich wieder Kommissarin spielen wollte.
Aus der Küche holte ich mir eine Flasche Wein und ein Glas, setzte mich auf die Couch und blätterte in der Fernsehzeitung. Mein Handy piepte, und eine Nachricht von meinem Autorenfreund Heiko erschien: „Du bist um zweiundzwanzig Uhr im Fernsehen!“
Ich suchte in der Zeitung und entdeckte tatsächlich im dritten Programm die Wiederholung einer Sketch-Serie, die er geschrieben und in der ich mitgespielt hatte. Gleich griff ich nach der Fernbedienung und stellte den Kanal ein. Während ich auf den Beginn wartete, schenkte ich mir ein Glas ein und genoss ein wenig die Ruhe dieses Abends. Allerdings währte die Ruhe nicht lange, denn meine Mutter rief noch zu dieser späten Zeit an. Beunruhigt meldete ich mich. „Boris!“, legte sie, wie immer ohne Begrüßung, direkt los. „Was ist mit Matej? Bist du bei seinem Wettbewerb gewesen? Lucija hat

mich gefragt, wie es dir gefallen hätte."
Für einen Moment fragte ich mich, ob nur ich dieses Mutterglück hatte, bei jedem Anruf und jeder Frage immer einen versteckten Vorwurf zu hören, oder ob es anderen Söhnen auch so ginge.
„Mama! Das Turnier ist erst am Freitag und dauert bis Sonntag. Ich werde hingehen am Wochenende. Keine Sorge!"
„Dann berichte mir, wie es war. Aber bitte, berichte mir nicht zu gut, ich möchte nicht, dass Lucija wegen ihres Sohnes so angibt", bat meine Mutter.
„Ja, aber, ich kann dir doch erzählen, was ich will. Du musst ihr doch nicht alles weitergeben", schlug ich meiner Mutter vor.
„Boris! Das verstehst du nicht. Wenn du sagst, dass Matej perfekt war, dann muss ich ja lügen. Deswegen sag, dass er ganz gut war. Das kann ich ihr dann sagen."
Ich grinste und versprach ihr, dass ich ihr neutral berichten würde, und verabschiedete mich mit dem Argument, dass ich gleich im Fernsehen zu sehen sei. Daraufhin legte sie schnell auf, um ihrer Freundin Lucija diese Nachricht zu überbringen.

Der neue Tag war da und für einen Novembertag überraschend mild und sonnig. Ich fuhr relativ früh nach Deidesheim, weil ich, bevor Bettina ins Büro kam, noch einige Dinge erledigen musste. Mit ihr wollte ich dann die Weinprobe bei Oliver weiter planen. Die Demenzuhr an der Wand zeigte Mittwoch, 9. November, acht Uhr dreißig, vormittags, und mir fiel ein,

dass ich mich auch noch bei der Crew informieren musste, ob für die Fastnachts-Comedy-Show „Wattenheim lacht zur Fasenacht“ am Elften im Elften alles in Ordnung war.
Zum Glück lief alles wie am Schnürchen und ohne Probleme. Ich bekam meine Arbeit gut erledigt, und auch die Comedy-Show war perfekt organisiert.
Bettina kam ins Büro, legte ihre Handtasche auf den Schreibtisch und machte erst einmal Kaffee. „Ich bin so aufgeregt!“, sagte sie, während sie das Pulver in den Filter schüttete.
„Warum denn aufgeregt?“, fragte ich neugierig.
„Wegen Rüdiger heute Abend. Ich bin gespannt, wie er uns helfen kann. Was ist eigentlich mit deinem kroatischen Traumtänzer? Gehst du zu diesem Turnier?“
Ich bejahte und erklärte, dass ich am Sonntag zum Finale hingehen wollte. Gleichzeitig fragte ich sie, ob sie nicht auch mitkommen wolle. Bettina verzog das Gesicht. „Ein Tanzwettbewerb? Wie furchtbar!“
„Ich finde es auch furchtbar. Deswegen will ich auch David und Oliver fragen, dann können wir ein bisschen lästern.“
Als Bettina den Namen Oliver hörte, glänzten sofort ihre Augen. „Na jaaa“, begann sie zögerlich, „Ich kann dich natürlich nicht im Stich lassen. Da komm ich natürlich doch mit!“
Ich musste lachen. Es war irgendwie rührend mit den beiden.
Wir tranken Kaffee und machten unsere Planungen für die Weinprobe. Viel war es erst einmal nicht, was wir tun konnten,

aber auch dieses musste erledigt werden. Kleine Bühne, Licht, Ton, Disposition, Rücksprache mit Christoph Hatzky und die Planung der Einladungen. Bettina bestand auf festliche Einladungskarten, und mir war das recht.
Die Tür wurde aufgerissen, und Clemens stand wieder einmal im Türrahmen. Er kam direkt auf mich zu, zeigte mit dem Finger auf mich und sagte: „Du! Ich will jetzt eine Entscheidung. Bin ich jetzt am Freitag bei der Fastnachts-Show dabei oder nicht?“
„Oder nicht!“, antwortete ich.
„Wie bitte?“, fragte er verwirrt.
„Oder nicht!“, wiederholte Bettina. „Du kannst dir deinen Klappstuhl an den Clowns-Hut klemmen!“
Drohend ging er auf Bettina zu. „Stock!!!! Mein Fräulein! Klopstock!“
Er kam wieder zurück zu mir und fragte erneut: „Ja? Oder nein?“
„Nein!“, wiederholte ich noch einmal.
Er nickte stumm, drehte sich um und ging zur Tür. „Das wird Konsequenzen haben!“, sagte er im Rausgehen und knallte die Tür hinter sich zu.
„Konsequenzen?“, wiederholte Bettina. „Er wird uns doch wohl nicht kündigen? Wie könnte das Theater diesen Verlust verkraften?“
Wir lachten und wussten beide, dass dies wieder eine seiner leeren Drohungen war.

Die Zeit war gekommen, dass wir aufbrechen mussten. Wir gingen den kurzen Weg rüber ins „Da Lillo“ und kamen dort pünktlich an. Rüdiger war bereits da und hatte sich, zu meiner Überraschung, überhaupt nicht verändert. Er saß am Tisch, hatte die Arme vor der Brust verschränkt und nickte uns grüßend zu, als wir das Lokal betraten. Er trug wieder mal eine graue Jacke mit auffallenden Holzknöpfen und die Doublé-Uhr, die ich schon früher bei ihm am Handgelenk gesehen hatte. Die Zeit im Gefängnis hatte ihn, seltsamerweise, überhaupt nicht verändert.

Als wir an den Tisch kamen, stand er auf und rückte Bettina den Stuhl zurecht. Ganz damenhaft nahm sie Platz und wirkte plötzlich verlegen und etwas nervös. Auch wenn sie wusste, dass Rüdiger ein Betrüger und Hochstapler war, machte sie dessen vornehmes Getue nervös.

Die Kellnerin kam, brachte die Karten und nahm die Getränke auf. Als sie wieder ging, wählten wir in Ruhe aus. „Sollen wir uns eine Pizza teilen?“, fragte mich Bettina.

„Nö!“, sagte ich, weil ich mich auf die besagte Margherita freute.

Dann lachte sie aus Verlegenheit albern und sagte: „Ich wüsste auch nicht, wie man eine Pizza Vier Jahreszeiten durch drei teilen könnte.“

Höflich, wie Rüdiger war, lachte er kurz über ihren Scherz, und ich hoffte, dass sie sich bald wieder normal benehmen würde.

Die Kellnerin brachte uns die Getränke. Wir stießen kurz an und hielten ein wenig Smalltalk. Dann wurde Rüdiger ernst und holte den Vertrag aus der Tasche.
„Wie hieß der alte Gimpel genau?“, fragte er mich.
„Burkhardt“, so weit ich mich erinnere.
„Wurde er mit ‚D‘ oder mit ‚DT‘ oder mit ‚T‘ geschrieben?“, fragte er weiter.
Ich überlegte, konnte mich aber nicht erinnern.
„DT müsste es gewesen sein!“, sagte Bettina. „Ich habe doch immer die Rechnungen geschrieben.“
„Warum ist das wichtig?“, wollte ich wissen.
„Könnten wir das irgendwie noch wasserdicht herausfinden?“, fragte Rüdiger zurück.
„Klar!“, antworte ich.
Ein kurzer Anruf bei Oliver brachte die Antwort. „Mit ‚DT‘!“, teilte er mir mit und war natürlich auch neugierig, warum ich das wissen wollte. Ich versprach, ihn später anzurufen und legte auf.
Rüdiger schien diese Antwort erwartet zu haben. „Schau mal hier!“, er zeigte auf Teile des Vertrages. „Der Vertrag wurde geschlossen zwischen Burkhardt Gimpel und Michael Koll. Und jetzt schau mal, wie der alte Gimpel unterschrieben haben soll.“
In klarer, deutlicher Unterschrift stand dort „Burkhart Gimpel“. Verblüfft sahen Bettina und ich uns an und waren nun ganz aufgeregt. Rüdiger, völlig entspannt, erklärte uns dann: „Die meisten Betrüger machen dumme Fehler, wenn sie nicht

erfahren sind. Und wir gehen doch mal davon aus, dass der alte Gimpel seinen eigenen Namen fehlerfrei schreiben konnte."

Wir nickten und ich wunderte mich, dass Oliver das nicht aufgefallen war.

„Gibt es noch was, wo ein Fehler sein könnte?", fragte ich ihn.

„Abgesehen von Klauseln und Formulierungen, die wir nicht kennen, könnte das Unterschriftsdatum noch ein Hinweis sein. Wenn Gimpel seinen Kalender gut geführt hat, könnte man vielleicht sehen, mit wem er an dem Tag Kontakt hatte."

„Wir könnten noch mal seinen Sohn fragen", schlug ich vor.

Ich nahm mein Handy und wählte noch mal Olivers Nummer. Als er sich meldete, fragte ich ihn, ob er irgendwo einen Kalender seines Vaters finden könnte. Zu meiner Enttäuschung hatte Oliver keinen Kalender gefunden. Er vermutete, dass sein Vater einen elektronischen Kalender geführt hatte und da er immer noch nicht das Passwort wusste, konnte er leider nicht nachsehen.

„Hatte der Vater kein Handy?", fragte Bettina.

Ich gab die Frage an Oliver weiter, der berichtete, dass er seit Tagen auf die Herausgabe seitens der Polizei wartete, die das Telefon beschlagnahmt hatte.

„Worum geht es denn eigentlich?", fragte er.

„Wir müssen herausfinden, mit wem dein Vater sich am 15. März vor zwei Jahren getroffen hat."

„Mit mir!", antwortete Oliver ohne zu zögern.

„Mit dir?", fragte ich sicherheitshalber noch einmal nach.

„Ja. Am 15. März sind morgens zur Mandelblütenfahrt nach Landau gefahren, weil wir den Wein geliefert haben, und sind abends dort essen gewesen. Das Datum kenne ich genau. Wenn mein Vater jemanden getroffen hätte, dann würde ich das wissen. Aber wieso denn?“
Ich vertröstete ihn erneut und deutete schon mal an, dass wir einer heißen Sache auf der Spur waren.
Das Essen kam, und wir machten uns hungrig darüber her. Die Margherita war ausgezeichnet, und auch die anderen beiden genossen ihr Essen.
„Was machen Sie jetzt beruflich?“, fragte Bettina, während sie das letzte Stück ihrer Lasagne aß.
„Ich arbeite bei einem Personalservice. Ich berate dort“, erklärte Rüdiger.
„Was berätst du da?“, wollte ich wissen.
„Ich habe einen guten Blick für Menschen und überprüfe Zeugnisse, Krankmeldungen etc.“
„Da bist du Experte, oder?“, lachte ich.
Rüdiger nickte freundlich, und ich hatte wirklich das Gefühl, dass seine kriminelle Karriere zu Ende war und er, im Gegenteil, sie heute positiv nutzt.
„Soll ich mir diesen Koll mal näher ansehen?“, brachte Rüdiger das Gespräch wieder auf den Vertrag.
„Ja, sehr gerne. Wir müssten auch mal sein Alibi prüfen. Vor allem hatte er mal ein Steuerbüro in Heidelberg. Da ist sicher auch was vorgefallen. Es gibt also viel zu recherchieren“,

schilderte ich.

„Ich kümmer mich mal drum. In den nächsten Tagen bekommt ihr Nachricht von mir.“

„Warum helfen Sie uns so großzügig?“, wollte Bettina wissen.

Er schaute zu mir und sagte: „Ich muss mich noch bedanken wegen der Vermittlung von Frau Dr. Schnellfeld. Sie hat mich da aus einer Sache rausgeholt, da hätte ich nie gedacht, dass das zu schaffen ist.“

„Das freut mich“, mischte ich mich ein und war ehrlich froh, dass ich hatte helfen können. Schon allein wegen seiner Tante, meiner Nachbarin, Frau Wiesemann, die sich immer große Sorgen um ihn machte.

Wir plauderten noch ein wenig, und ich bezahlte die Rechnung. Dann gingen wir zum Parkplatz und brachten Rüdiger zu seinem Auto. Als er gefahren war, gingen wir zurück zum Theater.

„Meinst du, er ist geheilt?“, fragte Bettina.

„Ich denke schon. Wie du gesehen hast, fuhr er einen kleinen Opel Corsa, und der war sicher Baujahr fünfzehn“, stellte ich fest.

„Ist das kein gutes Auto?“

„Es ist nicht schlecht. Aber sicher auch keine Protzkarre, die er früher noch gefahren wäre“, erklärte ich ihr.

Auf dem Theaterparkplatz trennten sich auch unsere Wege, und ich fuhr nach Hause. Unterwegs rief ich noch Oliver an und berichtete ihm die Ergebnisse des Abends.

„Das ist ja fantastisch!“, freute er sich. „Ich habe auch was Interessantes.“
Ich war gespannt.
„Ein Gast, der heute bei der geschlossenen Feier bei mir war, war auch bei den Weinproben dabei. Er hat mir versprochen, eine Liste zu machen mit einem Großteil der Gäste, die immer dabei waren.“
„Ui!“, freute ich mich. „Das ist ja wirklich prima. Schön, dass es hilfsbereite Menschen gibt, die sich Mühe machen.“
„Ja“, stimmte Oliver zu, „Er freut sich auch wieder auf die Weinproben. Als Dank möchte er eine neue Flasche für seine Weinsammlung. Mal sehen, was ich da finde. Er freut sich übrigens auch auf dich und den Comedian. Er hat euer Programm sehr gelobt.“
Wir beendeten das Gespräch, und ich fuhr weiter nach Hause. Als ich vor unserem Haus parkte, kam meine Nachbarin aus dem Haus. „Frau Wiesemann!“, sprach ich sie gleich an. „Was machen Sie denn so spät hier draußen?“
„Ich wollte die Mülltonnen rausstellen. Ich bin doch wieder dran.“
Ich führte die Frau wieder ins Haus und erklärte ihr, dass sie erst in der Folgewoche an der Reihe wäre und sie zurück in ihre Wohnung gehen sollte.
„Habe ich mich schon wieder geirrt, Herr Boris?“, fragte sie und hatte dabei einen fast schon traurigen Blick.
„Das macht nichts“, tröstete ich sie und führte sie zurück ins

Haus. Seit einiger Zeit war sie, was die Tage und Wochen angebelangte völlig durcheinander. Und aus lauter Angst, die Tonnenpflicht zu vergessen, wollte sie diese jede Woche an die Straße stellen.
Kurz bevor wir uns im Treppenhaus trennten, bedankte sie sich noch, dass ich ihr mit der Anwältin einen guten Tipp gegeben hätte. Ich freute mich und erzählte ihr, dass ich gerade heute mit ihrem Neffen essen gewesen wäre. Sie strahlte und ging zufrieden in ihre Wohnung.

Bereits am nächsten Tag meldete sich Rüdiger und berichtete von seinen „Ermittlungen". Michael Koll musste sich wohl eines Tages einer Steuerprüfung unterziehen. Das zuständige Finanzamt hatte einige Ungereimtheiten in seinen eigenen Steuererklärungen entdeckt und dann prüfen lassen. Zusammen mit der Steuerberaterkammer waren sie ihm auf die Schliche gekommen, dass er Gelder von Mandanten abgezweigt und bei sich nicht korrekt verbucht hatte.
Auch wenn es mich freute, dass mein Instinkt mich nicht getäuscht hatte, war ich natürlich viel neugieriger darauf, ob Koll ein Alibi für den Tag des Sturzes von Gimpel hatte. Aber dazu hatte Rüdiger noch keine Antwort. Allerdings hatte er nun auch herausgefunden, wer der ominöse Rechtsanwalt war, der den Brief mit dem falschen Vertrag an Oliver geschickt hatte. Es war ein ehemaliger Mitarbeiter aus seinem damaligen Steuerbüro, der offensichtlich mit Koll versucht hatte, Geld

von Oliver mit dem Vertrag zu erpressen.
„Am besten ist“, meinte Rüdiger, „dass ihr erst einmal gar nichts macht. Ich bin noch weiter dran und melde mich wieder.“
„Wie hast du überhaupt so viel schon herausgefunden?“, fragte ich interessiert.
„Ein paar falsche Namen, ein paar Telefonate, ein paar Kontakte, ein paar Tricks ...“, legte er dar. „Am besten, du fragst nicht!“
„Du hast doch da nicht etwa kriminelle Energie reingesteckt?“ Ich war besorgt, dass Rüdiger wieder in seine Vergangenheit verfallen war.
„Ach, Boris. Was ist schon kriminelle Energie, wenn es der Sache dient?“, fragte er lapidar und versprach, sich wieder zu melden.
Nach dem Telefonat mit Rüdiger nahm ich meine Jacke und verließ das Theater. Ich spazierte die Straße runter und musste noch einmal meine Gedanken sortieren. Alles war merkwürdig, und nichts von allem machte irgendwie Sinn. Frau Doktor reiste mit Leander nach Italien, zuvor hatte sie Heimlichkeiten mit Justus. Risikomanager Koll und sein ehemaliger Mitarbeiter wollten mit einem gefälschten Vertrag Geld erpressen, und der ehemalige Mitarbeiter vom alten Gimpel, Rodenbach mit dem teuren Mercedes AMG, verschwindet völlig von der Bildfläche. In den Unterlagen vom alten Gimpel fanden wir keine Adressdaten

der Teilnehmer, die früher so oft bei den Weinproben dabei gewesen waren, überhaupt fanden wir darüber gar nichts. Ein bisschen Hoffnung hatte ich noch, was den Computer betraf, dessen Passwort wir nicht wussten. Möglicherweise fanden wir wenigstens dort Informationen zu den Weinproben. Allerdings hatte ich keine Ahnung, wie wir an das besagte Passwort kommen konnten.

Ich spazierte weiter bis zu den Tennisplätzen, wo wir gestern noch mit Rüdiger gegessen hatten. Rüdiger, dachte ich. Vielleicht hat er auch hier eine Idee. Ich nahm mein Handy und rief ihn an. Er meldete sich wieder, und ich fragte ihn, ob er möglicherweise eine Idee hätte, wie man an das Passwort des Computers kommen könnte.

„Also", begann er nach kurzem Überlegen, „wenn man den Rechner nicht mit einem professionellen Hacker knacken will, wäre noch die Idee, ob der alte Gimpel das Passwort irgendwo notiert hat."

„Das könnte sein", antwortete ich, „Aber sucht man da nicht die Stecknadel im Heuhaufen? Und Oliver hat schon zwei Passwörter probiert. Wenn wir noch eins probieren und es ist falsch, dann kommen wir womöglich nie mehr an die Daten."

„Wieso?", fragte Rüdiger irritiert.

„Ist nach drei Versuchen der Computer nicht ganz gesperrt?", fragte ich zurück.

Er erklärte mir, dass es sich wahrscheinlich um einen Windows-Computer handeln würde. Und bei einem der aktuelleren Betriebssysteme könne man so oft ein Passwort eingeben, wie man wolle. Bei einem Mac könne man es auf jeden Fall zehn Mal probieren. Danach müsste man immer eine gewisse Zeit abwarten, bis ein erneuter Versuch möglich wäre.

Diese Information brachte uns möglicherweise ein Stück weiter. Schnell schickte ich Oliver eine Sprachnachricht und bat ihn, sich auf die Suche nach einer möglichen Notiz zu machen oder vielleicht noch das ein oder andere Passwort zu versuchen, dann ging ich zurück ins Theater. Für den Rest des Tages kümmerte ich mich dort um meine Arbeit und ertappte mich dabei, wie ich alle möglichen Wort- und Zahlenkombinationen im Kopf durchging, die vielleicht die richtigen waren.

9. Schritt! Schritt! Seit! Schluss?

Es war Sonntag. Bettina und ich standen vor dem Theater und warteten auf David und Oliver. Ich freute mich, dass wir nun gemeinsam nach Heidelberg fahren würden, um das Finale der Tanzmeisterschaft zu besuchen. Bettina trug unter ihrem Mantel ein blaues Kleid. Verwundert sah ich sie immer wieder an. „Was ist denn?“, fragte sie irritiert.
„Ich habe dich noch nie in einem Kleid gesehen. Ich wusste gar nicht, dass du eins besitzt.“
„Warum denn nicht? Natürlich habe ich so etwas. Aber warum sollte ich das normalerweise anziehen? Du kommst ja auch nicht im Smoking ins Büro.“
Ein Auto hatte gerade eingeparkt, und Oliver stieg aus. Sofort hielt Bettina inne und errötete.
Auch Oliver war relativ elegant gekleidet, wobei seine schwarze Hose ein klein wenig zu kurz war. Zum Glück kam nun auch David, und wir konnten losfahren. Alle stiegen in meinen Wagen, wobei Bettina darauf bestand, dass David doch auf dem Beifahrersitz sitzen solle. Warum, war mir mittlerweile auch klar, und so ließ ich sie und Oliver hinten einsteigen.

Vom Theater zum Bürgerhaus in Heidelberg, wo die Meisterschaft stattfand, waren es gut fünfzig Minuten. Unterwegs vertrieben wir uns die Zeit mit Lieblingslieder

singen und Witze erzählen. Die Stimmung war ziemlich ausgelassen, als wir in Heidelberg ankamen. Der Parkplatz vor der Halle war recht voll, und wir waren überrascht, wie viele Menschen sich doch für Standard- und lateinamerikanische Tänze interessierten.
„Haben wir reservierte Plätze?“, fragte mich Bettina.
„Woher soll ich das wissen?“, fragte ich zurück. „Ich war noch nie auf so einer Zappelmeisterschaft.“
„Was steht denn auf den Karten?“, fragte David.
„Ich habe keine!“, gab ich zu.
„Wir haben keine Karten?“, fragte Oliver überrascht. „Wie kommen wir dann da rein?“
„Ich weiß es nicht!“, war ich nun genervt. „Ich habe gedacht, wir besuchen einfach Matej und sehen ihm beim Tanzen zu. Ich wusste ja nicht, dass die ganze Pfalz heute hier hinkommt!“
Bettina schlug vor, dass wir erst einmal zum Eingang gehen sollten, um die Lage zu sondieren. Wir gingen durch die ersten Schwingtüren ins Foyer und sahen auf eine große Menge Menschen, die alle edel gekleidet waren. David und ich schauten an uns herunter. Ich hatte nur eine Jeans, ein weißes T-Shirt mit V-Ausschnitt, meine Basecap und meine braune Wildlederjacke an. David sah abgesehen von der Basecap nicht anders aus. Nur, dass seine Jeans noch überall Risse hatte.
Oliver dagegen half Bettina aus ihrem Mantel, zog auch seinen aus und suchte im Gedränge nach einer Garderobe.
„Ich glaube, die schmeißen uns hier raus, wenn die uns so

sehen", bemerkte David trocken.
Als Oliver zurückkam, gingen wir auf die Suche nach einer Kasse und fanden zum Glück auch eine.
„Sind Sie Gäste?", fragte ein lackierter, älterer Herr im schwarzen Anzug hinter einem Tisch mit Geldkassette.
„Nein!", antwortete David. „Wir gehören zur Familie der Braut!"
Heftig stieß ich ihn in die Seite.
„Wir sind Gäste", erklärte ich dem lackierten Herrn. „Herr Matej Petrović hat uns eingeladen. Er ist Teilnehmer."
Der Mann schaute uns abschätzig von oben bis unten an und suchte auf seiner Liste. „Tut mir leid! Wir haben keinen Petrović unter den Teilnehmern."
„Das muss ein Irrtum sein", sagte ich und bat den Mann, noch einmal nachzusehen. Aber Matej stand auf keiner der Listen.
„Wo ist er denn? Grün-Gold oder Couronne?", fragte der Mann in seiner besten blasierten Art.
„Er ist aus Kroatien angereist. Er hat dort einige, sehr gut laufende Tanzschulen", erklärte ich.
„Das sagt mir jetzt nichts!", erwiderte der Mann vornehm und teilte mir bedauernd mit, dass wir leider Karten kaufen müssten.
Ich bezahlte die Tickets für alle, und wir gingen in den großen Saal des Bürgerhauses, der festlich dekoriert war. Ringsum waren Tische und Stühle und in der Mitte Platz für eine riesengroße Tanzfläche. Wir suchten unseren Tisch, der sich

in einer der hintersten Reihen in einer Ecke befand. Überall anders wären wir wahrscheinlich sauer gewesen, aber hier waren wir froh, dass wir nicht direkt am Geschehen sitzen mussten.
Neugierig sahen wir uns alle um, ob wir nicht irgendwen entdeckten, den wir kannten. Aber bei der Masse von Leuten war es schwer, einen einzigen zu erfassen. David winkte gerade den Kellner heran, als sich Oliver zu mir herüberbeugte. „Halt mich für verrückt!", sagte er, „Aber ich glaube, da ist Rodenbach!"
„Du machst Witze!", lachte ich laut auf.
„Pssst!", sagte Oliver, „Ich bin fast sicher. Er trägt scheinbar nun einen Schnäuzer."
„Der sieht wie ein billiger Gigolo aus", flüsterte ich.
Wir beobachteten weiterhin den Mann, der mit einer Frau und einem weiteren Mann an einem Tisch auf der anderen Seite des Saals saß.
David bestellte für uns alle Getränke, und Bettina versuchte den Blicken von Oliver und mir zu folgen. „Wen beobachtet ihr denn da?"
Ich erklärte ihr kurz, wen Oliver erkannt haben will. „Man müsste rausbekommen, ob er es wirklich ist", sagte ich.
„Wie heißt er genau?", fragte sie in Richtung Oliver.
„Dieter. Dieter Rodenbach."
In Sekundenschnelle stand sie auf und ging schnurstracks auf den Mann zu. Wir versuchten, sie noch zurückzuhalten, aber

hatten keine Chance.
Aufgeregt beobachteten wir, was nun passieren würde. Bettina ging auf den Mann zu und sprach ihn an. Dann nickte er heftig mit dem Kopf und sagte etwas, worauf Bettina reagierte. Dann sahen wir, dass Rodenbach wieder sprach. Bevor sie zu uns zurückkam, schienen sie noch zu scherzen, und dann machte sie sich wieder auf den Weg zu uns.
„Bist du verrückt?", fuhr ich sie an.
„Warum?", antwortete sie unschuldig. „Ich kann mich doch unterhalten, mit wem ich will!" Dann sah sie Oliver an und strahlte: „Er ist es!"
„Was habt ihr denn gesprochen?", fragte ich.
„Ich bin zu ihm hin und habe ihn gefragt, ob er der Sohn vom alten Rodenbach wäre", berichtete sie.
„Woher kennst du den denn???", fragte Oliver verblüfft.
Amüsiert sah ich zu ihm. „Wenn er Rodenbach heißt, dann ist es doch sehr naheliegend, dass sein Vater auch Rodenbach heißt. Das kann man doch immer fragen!"
Oliver schlug sich vor die Stirn. „Ganz schön raffiniert bist du!", sagte er zu Bettina.
Sie erzählte uns weiter, dass Dieter Rodenbach ihre Frage natürlich bestätigte und sie erklärte, dass seine und ihre Eltern sich gekannt hätten. Woher, das wüsste sie nicht. Sie hätte mal Bilder von irgendeiner Feier gesehen, da wäre er auch drauf gewesen.
Oliver konnte kaum glauben, dass Rodenbach ihr das

abgekauft hatte. Dann hatte sie ihn gefragt, ob er nicht in Edenkoben arbeiten würde, und er korrigierte sie, dass er Winzerassistent in Edesheim gewesen, jetzt aber nur noch als selbstständiger Berater tätig wäre.
Wir sahen Bettina tief beeindruckt an. Uns war allen dreien nicht klar, wie man so schnell Leuten etwas vorspielen und sie auch noch ausfragen konnte.
„Hast du erfahren, wieso der überhaupt hier ist?", fragte Oliver.
„Seine Frau tanzt hier in einer Formation oder so etwas Ähnlichem", berichtete sie weiter.
„Jetzt müssten wir nur noch rausfinden, wo er am Tattag war", überlegte ich.
„Lass mich mal machen!", antwortete Bettina, und ihre Augen strahlten.

Eine Tanzmeisterschaft ist sicher eine tolle Sache für Menschen, die Sachverstand haben und so etwas gerne sehen. Aber leider war das für uns überhaupt nichts. Das Gespreizte, Affektierte bei den lateinamerikanischen Tänzen fand ich furchtbar, und da war ich nicht der einzige. Auch die anderen an unserem Tisch langweilten sich. Dennoch schauten wir aufmerksam zu und klatschten jedes Mal höflich.
In der Pause gingen wir ins Foyer. David traf eine Zeitungskollegin und unterhielt sich gleich mit ihr, und Oliver besorgte uns noch etwas zu trinken. Ich schaute mir

wieder einmal die ganzen Menschen an, als plötzlich Bettina verschwunden war. Zwar versuchte ich, sie irgendwo zu entdecken, aber sie war nirgendwo zu sehen.
Brav blieb ich also stehen und wartete, bis alle wieder da waren. Oliver kam gerade zurück und gab mir ein Glas Cola, als jemand seine Hand auf meine Schulter legte. Ich drehte mich um und Matej stand vor mir. „Boris! Das hätte ich nicht gedacht, dass du hier hinkommst."
„Ich hatte es dir doch versprochen", erinnerte ich ihn. „Außerdem tötet mich meine Mutter, wenn ich mir das hätte entgehen lassen. Sie will Details."
"Stari moj! Alter Freund! Das hat mir noch gefehlt", sagte er lachend.
„Wann tanzt du denn?", fragte ich ihn.
„Ich? Überhaupt nicht", lachte er immer noch.
„Aber ich dachte, du nimmst hier an der Meisterschaft teil."
„Ich? Niemals. Dafür bin ich viel zu alt und zu schlecht. Nein, ich wollte nur mal raus aus Kroatien. Und das war die einzige Gelegenheit, mal ohne viele Fragen wegzukommen."
Wir lachten gemeinsam, denn als Kroate konnte ich ihn bestens verstehen. Es gibt in meiner Heimat kaum etwas schlimmeres, als Erfolglosigkeit. Und besonders unsere beiden Mütter versuchten sich ständig mit unseren „Glanzleistungen" zu übertreffen.
Er verabschiedete sich wieder und verschwand in der Menge. Eine kurze Zeit später kamen David und Bettina zurück.

„Bettina ist der Knaller!“, sagte David ganz aufgeregt.
„Was hat sie denn jetzt schon wieder angestellt?“, fragte ich, als wäre sie ein kleines Kind.
„Warte nur ab!“, lachte er.
Sie berichtete uns, dass sie Rodenbach mit seiner Frau entdeckt hatte, woraufhin sie sich umständlich durch die Menschenmenge geschlängelt hatte. Als sie an den beiden vorbeikam, rempelte sie Rodenbach beiläufig an. „Ich habe dann so getan, als hätte ich ihn gar nicht gesehen, und amüsierte mich über den Zufall. Dann stellte er mir seine Frau vor, die sich aber gleich entschuldigte, da sie zur Toilette musste. Natürlich habe ich direkt gesagt, dass ich da auch eigentlich hin wollte. Und dann sind wir zusammen los.“
„Frauen und Toiletten“, sagte David daraufhin. „Das ewige Mysterium“ Wir lachten.
„Hast du denn was rausgefunden?“, fragte Oliver neugierig.
„Allerdings“, grinste sie, „Beide waren den ganzen Oktober auf Sylt. Sie haben da ein Haus. Da hat sie sich auf die Meisterschaft vorbereitet.“
Ich sah Oliver an und bemerkte, dass er das Gleiche dachte wie ich. Es wäre zu schön gewesen, wenn wir endlich einen möglichen Täter hätten. Aber so zerplatzte alles wie eine Seifenblase.

Zum Ende der Pause fuhren wir zurück nach Deidesheim. Da Matej sowieso nicht tanzte, und weil es vielleicht auch gut

war, dass Rodenbach Oliver nicht gesehen hatte, hielten wir es für sinnvoll, die Meisterschaft zu verlassen. Abgesehen davon, dass wir alle sowieso kein Interesse daran hatten.
„Sollen wir noch in die ‚Kanne'?", fragte David. Doch irgendwie hatten wir alle auch dazu keine Lust. Oliver wollte zurück in die Vinothek, die ab achtzehn Uhr öffnete, und Bettina wollte gerne nach Hause.
„Ich müsste mal waschen und ein bisschen aufräumen", stellte ich dann selber laut fest und wollte daher auch den Rest des Sonntags in meiner Wohnung verbringen. Wir verabschiedeten uns alle voneinander und streunten in alle Richtungen.
Meine Wohnung hatte es wirklich nötig, und so war ich froh, als alles wieder prima war und ich früh zu Bett gehen konnte.

Der nächste Tag begann mit einer Überraschung. Gerade war ich in Deidesheim angekommen und hatte von Bettina den ersten Becher Kaffee bekommen, da klingelte mein Handy. „Dr. Nadine Schnellfeld" stand im Display, das ich meiner neugierigen Assistentin entgegenhielt.
„Mister Boris?", sagte sie, als ich mich gemeldet hatte. „Es tut mir leid, dass ich mich in der letzten Zeit nicht um Ihre Angelegenheiten kümmern konnte. Gibt es aktuell irgendetwas Akutes, was ich für Sie tun kann?"
Dankbar nahm ich das Angebot an und bat sie, um neunzehn Uhr bei Oliver in der Vinothek zu sein.

Frau Doktor stimmte zu und legte auf.
„Was wollt ihr denn mit ihr besprechen?“, fragte Bettina neugierig.
„Da ist immer noch die Sache mit Koll und dem gefälschten Vertrag. Da hätte ich ein paar Fragen an sie.“

Die nächste Überraschung ließ nicht lange auf sich warten, denn als Nächstes meldete sich Rüdiger bei mir. Er schickte eine kurze WhatsApp mit dem Text „Alibi Koll: Sylt! Melde mich!“
Ich versuchte, die Gedanken in meinem Kopf zu ordnen. Koll war offensichtlich zur gleichen Zeit auf Sylt wie Rodenbach. Was für ein seltsamer Zufall.
„Ganz und gar nicht!“, befand Bettina. „Die beiden werden sich doch über das Weingut gekannt haben. Warum sollen sie denn nicht auch zusammen Urlaub machen?“
Das leuchtete mir ein. Koll war sicher nicht arm und hatte wahrscheinlich ebenfalls dort ein schönes Haus am Meer. Ich saß an meinem Schreibtisch, hielt meinen mittlerweile leeren Kaffeebecher in der Hand und starrte aus dem Fenster. Ich merkte nicht einmal, dass Bettina mir frischen Kaffee einschenkte.
„Du denkst immer noch an Mord, gell?“, sagte sie.
„Nicht mehr richtig. Ich glaube zwar nach wie vor, dass bei Gimpel, Koll und Rodenbach etwas nicht ganz in Ordnung war, aber irgendwie muss ich mich von dem Mordgedanken

verabschieden."
„Tu das!", empfahl sie mir. „Oliver hat den Gedanken auch schon lange verworfen."
Langsam stand ich auf und ging mit meinem Kaffeebecher ans Fenster. Ich merkte, dass Bettina hinter mir herkam. „Wenn du unbedingt Krimi spielen willst, dann finde heraus, was das mit den Dreien für eine merkwürdige Verschwörung war."
Ich drehte mich und sah sie direkt an. „Ja, eine Verschwörung im Weinkeller!"
Wir arbeiteten wieder, und ich kümmerte mich um die Weinprobe. Es war Olivers erste, und da wollte ich, dass sie besonders gut würde. Zumal auch Bettina zum ersten Mal an dem Abend mitkommen wollte, und ich hätte es gerne gesehen, wenn sie vor ihrem Schwarm mit unserem Theater glänzen könnte.
Gegen achtzehn Uhr machte ich meinen Computer aus und fuhr nach Edesheim. Gerade als ich eine kroatische Playlist gestartet hatte, meldete sich, wie aufs Stichwort, meine Mutter.
„Boris!", rief sie wieder einmal direkt ohne Begrüßung. „Wie war es mit Matej? Hat er einen Pokal gewonnen? War er gut? Lucija wollte mir nichts verraten. Ich glaube, sie weiß selber noch nichts."
Leise seufzte ich vor mich hin. Ich konnte es nicht leiden, wenn man mich in so eine Zwickmühle brachte. Einerseits wollte ich Matej schützen und andererseits wollte ich meine Mutter nicht belügen. „Wir haben ihn gesehen. Es war alles

ganz toll. Mehr soll er dir selber ausführlich erzählen!“, sagte ich ihr und manövrierte mich so um die detaillierte Wahrheit herum.
„Hat er einen Pokal gewonnen?“, fragte sie wieder.
„Nein!“, antwortete ich wahrheitsgemäß.
„War er einer von den besten Tänzern?“, fragte sie weiter.
„Nein!“, antwortete ich wieder.
„Jebote!“, rief sie dann erfreut. „Gott sei Dank!“
Sie war zufrieden und erkundigte sich noch, ob ich heute genug gegessen hätte, und verabschiedete sich.
Erleichtert legte ich auf. Um diese Klippe war ich also noch einmal gut herumgekommen.

Als ich beim Weingut ankam und gerade in die Hofeinfahrt fahren wollte, sah ich auf der gegenüberliegenden Seite Frau Bretzenheim mit ihrem Hund. Es war mir ein völliges Rätsel, wie man morgens, vormittags, mittags, nachmittags und abends permanent auf einer Straße präsent sein konnte.
Oliver stand vor der Tür der Vinothek und hatte mich schon ungeduldig erwartet. Er riss fast die Fahrertür auf und ließ mich aussteigen. „Weißt du, was Frau Doktor will?“, fragte er.
„Natürlich! Ich habe sie ja bestellt“, sagte ich zu ihm und ging in Richtung Eingang der Vinothek, bis ich bemerkte, dass er an meinem Auto stehen blieb.
„Sollen wir nicht auf die Anwältin warten?“, schlug er vor.
„Ach was!“, winkte ich ab, „Die kann doch auch ohne

Empfangskomitee hier parken."
Wir gingen in die Vinothek und waren zum Glück alleine. „Schorle?", fragte er, und ich verneinte und bat um einen Kaffee.
Zunächst saßen wir stumm zusammen und spielten mit unseren Handys. Das war irgendwie das Angenehme an Oliver. Man musste nicht immer sprechen. Und auch, wenn ich zwei Stunden Solo-Programm auf der Bühnen spielen konnte, gerne und viel für das Theater verhandelte und mich auch sonst gerne mit Menschen traf, fand ich es einmal sehr angenehm nur zu schweigen.
Schließlich kam die Anwältin in die Vinothek. Zu meiner Überraschung hatte sie keinen weißen Eierschalenhelm dabei.
„Wo ist denn Ihre Vespa?", fragte ich überrascht.
„Ich bin mit meinem Auto!", erklärte sie. „Bei dem Wetter fahre ich doch nicht mit dem Roller!"
Es leuchtete mir ein, und auch sie bat Oliver um einen Kaffee.
Als alle Getränke serviert waren, erkundigte ich mich, wie es in Italien gewesen war. „Sehr, sehr schön. Das ist immer sehr, sehr schön dort!", schwärmte sie. „Sie beide müssen mal mitkommen. Das ist wirklich toll dort."
„Ich glaube nicht, dass ich mir so ein teures Hotel leisten kann!", sagte ich, fast schon verlegen.
„Ach, da gibt es auch preiswertere Hotels. Das kann man alles regeln."
„Sind Sie alleine gereist?", fragte Oliver kühn.

Die Anwältin wurde verlegen. „Nicht direkt!“, antwortete sie.
„Waren Sie in Begleitung?“, fragte ich weiter.
„Nun ...“, zögerte sie einen Moment. „Sie werden es sicher sowieso erfahren. Ich war mit Herrn Bartenberg dort.“
„Leander?“, tat ich überrascht.
Die Anwältin nickte.
„Das ist doch schön“, freute ich mich gespielt für sie. „Hatten Sie eine schöne Zeit?“
Sie zögerte wieder.
Oliver legte ihr eine Hand auf den Unterarm. „Mit uns können Sie ruhig offen reden.“
„Also gut!“, sagte sie schließlich. „Es sah für mich ein bisschen so aus, als würde sich etwas zwischen ihm und mir entwickeln, aber es war dann doch unmöglich.“
„Er ist doch eigentlich ein netter und umgänglicher Mensch“, wandte ich ein.
„Das ist er wirklich. Aber es gab für mich einen anderen Grund, die Sache zu beenden.“
„Was denn für einen?“, fragte Oliver forsch.
„Unter uns“, begann sie. „Für mich gibt es keinen Standesdünkel. Ob jemand aus perfektem Haus kommt oder nicht. Ob jemand Geld hat oder nicht. Das ist mir alles gleich. Aber Herr Bartenberg hatte da offensichtlich Probleme mit.“
„Wie hat sich das geäußert?“, fragte ich weiter.
„Er schmiss die ganze Zeit mit dem Geld nur so um sich. Zunächst fiel mir seine edle Kleidung auf, die er mitgenommen

hatte. Sehr gute schwarze Designerhemden und Hosen. Dann mietete er ein sehr teures Cabrio und bezahlte exklusive Essen. Und zu guter Letzt wollte er unbedingt das Hotel bezahlen."
„Das war doch sicher auch ziemlich teuer!", warf ich ein.
„Nun ja! Es hat schon seinen Preis", erklärte die Anwältin.
„Aber was stört Sie denn daran?", wollte Oliver wissen. „Scheinbar kann er sich das doch leisten."
„Und daran hatte ich meine Zweifel. Ich erinnerte mich an das Telefonat mit Mister Boris und die überhöhten Preise für das Catering. Finanziell ging es ihm ja dann wohl doch nicht so gut!"
„Stimmt!", sagte ich. „Da war ich sehr verärgert. Er sagte, die Weinproben würden ihm wegfallen, und darum müsste er die Preise erhöhen."
„Haben Sie ihn nicht gefragt, wo ein Metzger so viel Geld her hat?", wollte Oliver wissen.
„Natürlich! Und er sagte, dass sein Geschäft so viel abwerfe. Als ich das allerdings in Frage stellte und von ihm die Wahrheit hören wollte, sagte er, dass er sich das Geld geliehen habe."
„Und alles, um Sie zu beeindrucken!", ergänzte Oliver.
„Genau!", bestätigte die Anwältin. „Und darum musste ich das beenden. Ich will auf diese Weise nicht beeindruckt werden. Zumal Herr Bartenberg sehr protzig wirkte ... mit dem geliehenen Geld."
„Wer hat ihm denn so viel Geld geliehen? Oder haben Sie das nicht gefragt?", wollte Oliver wissen.

„Er sagte, er hätte es von Freunden."
„Wieso sind Sie mit ihm überhaupt nach Italien gefahren?", fragte Oliver.
„Er wollte endlich mal meine Pousada sehen."
Oliver erschrak und riss die Augen auf. Völlig entgeistert sah er die Anwältin an. Aus Sorge, dass er jetzt etwas Falsches sagen könnte, grätschte ich sofort rein. „Sie haben eine Pousada in Portugal? Respekt!"
„Na ja!", sagte Frau Doktor zögerlich. „Eigentlich ist es eher ein Appartement, das ich an Freunde und Bekannte vermiete. Aber das passte mir zeitlich nicht."
Ich schielte zu Oliver rüber, der sich sichtlich entspannte.
„Sie haben am Anfang etwas von Standesdünkel und so weiter gesagt. Wäre denn so jemand wie Leander überhaupt ein Mann für Sie?", fragte ich ein wenig zu neugierig.
„Da sprechen Sie etwas an, Mister Boris. Ich bin selbständig, frei und viel unterwegs. Da ist es natürlich schön, wenn Sie jemanden haben, der so viel wie möglich an Ihrer Seite ist. Herr Bartenberg ist dafür leider nicht geeignet. Er ist von morgens sechs Uhr bis abends sieben Uhr in seinem Laden. Jeden Tag. Das ist mir dann schon ein bisschen zu viel."
An diesem Punkt musste ich ihr zustimmen. Leander war mit seinem Laden so gut wie verheiratet. Ich kann mich an keine Besprechung erinnern, die wir jemals außerhalb seiner „Fleisch-Boutique" geführt hätten.
„Was kann ich denn nun für Sie tun?", fragte uns die Anwältin,

scheinbar auch, um das Thema zu wechseln.
Oliver und ich berichteten ihr von dem Schreiben Kolls und was Rüdiger alles für uns herausgefunden hatte. Daraufhin sah sie sich den Brief an und schüttelte zwischendurch immer wieder amüsiert den Kopf.
„Was ist daran so lustig?“, fragte ich sie.
„Die Formulierungen“, erklärte sie. „Die sind so abenteuerlich. Aber, was soll ich denn nun für Sie machen? Soll ich eine Klage wegen versuchten Betrugs vorbereiten?“
„Da bin ich noch nicht sicher!“, antwortete ich. „Ich habe das Gefühl, dass Koll und Rodenbach zusammen unter einer Decke stecken und irgendetwas im Schilde führen. Das würde ich gerne herausfinden.“
„Ich würde Ihnen dennoch raten, darauf zu reagieren. Ihr erstes Schreiben, das Sie selber geschickt haben, ist ja ganz gut, aber vielleicht sollten Sie den Herren schon klarmachen, dass das so nicht läuft. Verstehen Sie?“
Wir nickten. Sie hatte recht. Vermutlich wäre es ganz gut, einen Warnschuss abzugeben. Andererseits erschien es mir ohnehin langsam unmöglich, etwas herauszufinden.
Die Anwältin sah unsere ratlosen Gesichter und machte folgenden Vorschlag: „Passen Sie auf. Ich rufe bei den Herren morgen an. Dann werde ich sagen, dass wir beweisen können, dass dieser Vertrag gefälscht ist und auch, dass sich einer wegen Vortäuschung eines Rechtsanwaltstitels strafbar gemacht hat. Und dann hören wir, was er sagt.“

Oliver und ich überlegten.
„Würden Sie denn eine Klage in Erwägung ziehen?“, fragte sie in seine Richtung.
Heftig schüttelte Oliver den Kopf. „Ich will keinen Prozess. Ich will meine Ruhe vor denen haben. Die sollen mich einfach in Ruhe lassen.“
Die Anwältin konnte seine Situation verstehen und schlug vor, den beiden Erpressern ein Angebot zu machen. Nämlich, dass Oliver nichts gegen sie unternehmen würde, wenn sie ihn im Gegenzug in Ruhe ließen.
Er stimmte zu, und Frau Doktor machte sich ein paar Notizen.
„Gut, dann gehe ich morgen gleich an die Sache ran!“
Damit verabschiedeten wir die Anwältin, die sich eilig auf den Weg nach Hause machte.
Als wir uns wieder an den Tisch setzten, sah mich Oliver fragend an. „Das war es, oder?“
„Das war was?“, fragte ich zurück.
„Alles! Oder glaubst du immer noch, dass wir irgendetwas rausfinden? Wer weiß, was Koll und Rodenbach und der falsche Anwalt alles auf dem Kerbholz haben. Aber ich glaube nicht, dass du und ich das jemals rausfinden werden.“
Es wurmte mich. Es wurmte mich, dass Oliver recht hatte und ich hier an dieser Stelle aufgeben musste.
„Mach dir nichts draus“, tröstete er mich. „Wir machen jetzt erst mal einen tollen Weinproben-Comedy-Abend. Ich kann es schon gar nicht mehr abwarten. Ich möchte dich unbedingt

mal auf der Bühne erleben."
Ich lächelte und sah auf die Uhr. Es war spät geworden, und ich musste nach Hause.
„Kopf hoch!", sagte er noch einmal. „Hier ist heute Schluss."
„Schluss?", fragte ich noch einmal.
„Schluss!", wiederholte er.

Auf dem Weg nach Hause fühlte ich mich leer. Vielleicht hatte ich mich zu sehr in die Sache verrannt. Vielleicht wollte ich zu sehr, dass irgendetwas Geheimnisvolles passiert. Vielleicht hatte ich einfach mal wieder Lust auf eine Sensation. Mein Onkel Miloš hatte mal gesagt: „Ako krava ne daje mlijeko, napravi ćevapčiće od nje!", was so viel heißt wie: „Wenn die Kuh keine Milch gibt, dann mach Cevapcici daraus." Auch wenn der Satz nicht viel Sinn in dem Zusammenhang machte, fiel er mir trotzdem ein. Vielleicht auch, weil ich an diesem kalten, regnerischen Abend Hunger und Sehnsucht nach Kroatien hatte. Selbst im November und Dezember ist es dort am Meer ruhig und schön, und wenn man dort in der klaren und frischen Luft sitzt, dann lauscht man einfach nur dem Wasser, das leise ans Ufer plätschert. Die Sonne ist sanft und warm und nicht zu heiß. Aber das schönste ist für mich, das goldene Licht, das sie über die Pinien am Ufer scheinen lässt. Das alles ist kein Vergleich zu den grauen, regnerischen Novembern in Deutschland.

Am nächsten Tag merkte ich noch Nachwirkungen vom Abend zuvor. Irgendwie war ich leicht melancholisch. Etwas, was Bettina sofort auffiel. Sie ließ mich weitgehend in Ruhe, und so konnten wir, ohne viel zu reden, unsere Arbeit machen. Es war kurz vor 17 Uhr, als mein Handy klingelte. Es war Oliver. Aufgeregt rief er in den Hörer: „Sorry, aber könntest du sofort vorbeikommen?"
„Was ist passiert?", fragte ich überrascht.
„Es war jemand im Weinkeller. Ich wollte gerade ein Messer oder einen Knüppel holen, aber dann war er schon weg!"
„Wer?"
„Der Einbrecher", rief Oliver atemlos. „Könntest du bitte kommen?"
Ich versprach, sofort loszufahren, und bat ihn, sich nicht in Gefahr zu bringen.
„Ich schließe mich im Büro ein. Bitte hupe dreimal, wenn du auf dem Parkplatz bist, dann lasse ich dich rein!"
Auf der Stelle nahm ich meine Jacke und meinen Schlüssel und schilderte Bettina kurz, was mir Oliver am Telefon erzählt hatte. Sofort nahm sie ihren Mantel und ihre Handtasche und bestand darauf, mitzukommen. „Ich fahre!", rief sie aufgeregt und zerrte mich auf den Parkplatz vor dem Theater zu ihrem Auto.
Wir stiegen ein und fuhren los. Der Verkehr war zu dieser Zeit dicht, aber wir kamen relativ gut voran. Hinter Edenkoben ging es wie immer über die L516 weiter nach Edesheim. „So

eine Kacke!“, fluchte Bettina auf einmal.
Da ich gerade mit meinem Handy beschäftigt war, schaute ich hoch und sah vor uns eine lange Reihe roter Rücklichter. Sie fuhr nach links und dann nach rechts, dann wieder ein Stück nach links und wieder nach rechts.
„Was machst du denn da?“, fragte ich genervt.
„Ganz vorne ist ein Traktor, der hält alles auf! Warte! Halt dich fest!“
Noch bevor ich fragen konnte, was sie vorhatte, fuhr sie über den kleinen grünen Streifen, der rechts die Straße von einem unbefestigten Fahrradweg trennte, und steuerte das Auto auf diesem engen Radweg vorbei an dem Stau. Einige Autofahrer hupten und zeigten uns einen Vogel. Ich versank in meinem Sitz und machte den Kragen meiner Jacke hoch, damit mich ja niemand erkennen konnte. Vor dem Traktor scherte sie wieder auf die Straße ein und fuhr in Richtung Weingut.
„Das war das letzte Mal, dass ich mit dir gefahren bin!“, schimpfte ich.
„Was hast du denn? Wir haben doch prima überholt!“
Ich schüttelte nur den Kopf und war froh, als wir in den Hof des Weingutes fuhren. Der Hof war komplett leer. Heute war Ruhetag in der Vinothek, und deswegen war niemand zu sehen. Zu meiner Überraschung war auch die Bretzenheim mit ihrem Hund nirgends zu entdecken.
Bettina parkte ihr Auto und fiel beim Aussteigen fast aus der Autotür.

„Du musst dreimal hupen!“, erinnerte ich sie, während sie versuchte, den Gurt zu lösen.
Sie steckte den Schlüssel wieder in das Schloss, drehte ihn und haute dreimal so lange auf die Hupe, dass man glaubte, ein Dampfer wäre angekommen.
„Ich glaube, uns hat man jetzt bis Speyer gehört!“, lästerte ich und stieg aus.
Das Licht in der Vinothek ging an, und wir sahen Oliver mit einem Holzknüppel an die Tür kommen und aufschließen.
„Gott sei Dank, dass ihr da seid!“
„Was zur Hölle war denn hier los?“, fragte ich ihn.
„Kommt schnell rein. Dann erzähle ich euch alles!“
Wir gingen in die Vinothek, und Oliver suchte sich permanent um. Hinter jeder Ecke vermutete er jemanden.
„Jetzt beruhige dich erst mal“, sagte Bettina und fügte mutig an: „Wir sind ja jetzt da.“
„Ich wollte ein paar Sachen für morgen vorbereiten und hatte die Tür der Vinothek nicht abgeschlossen. Ich kam aus dem Büro nach hier vorne an die Theke, als ich den Eindruck hatte, dass die Tür zum Weinkeller offen wäre. Also bin ich langsam dahin und habe geguckt, was da los ist. Die Tür war tatsächlich einen Spalt offen und Licht brannte. Gleich habe ich runtergerufen, ob da jemand wäre, aber ich habe keine Antwort bekommen. Ich habe lediglich irgendwelche leisen Geräusche gehört. Dann bin ich in die Küche, um nach einem Messer oder etwas Ähnlichem zu suchen. Aber als ich

zurückkam, stand die Tür weit auf, und unten war nichts mehr zu hören."
„Komm!", forderte ich Oliver auf, während ich aufstand. „Wir gehen mal da runter."
Oliver wurde blass. „Nein! Das traue ich mich nicht!"
„Ach was!", sagte auch Bettina, „Wir sind zu dritt. Was soll denn da passieren? Außerdem: Wenn da einer unten war, dann ist er lange weg."
Wir öffneten die Tür zum Weinkeller. Das Licht war noch an, und langsam schritten wir hinunter. Oliver nahm seine Brille ab und versteckte sich hinter Bettina, was ein bisschen merkwürdig wirkte, da er fast zwei Köpfe größer war als sie.
„Setz deine Brille wieder auf!", sagte Bettina in ihrem besten Befehlston. „Nachher fliegst du auch noch die Treppe runter."
Er parierte sofort und setzte sich die Gläser wieder auf.

Der Weinkeller war leer. Niemand war weit und breit zu sehen.
„Was ist eigentlich da hinten?", fragte Bettina und zeigte auf die Stahltür links neben den Toiletten.
„Da ist eine Art Kammer. Mein Vater hat da immer irgendwas gelagert oder reingeräumt. Ich weiß es nicht genau. Da war ich ewig nicht mehr drin", erklärte er.
„Ich dachte immer, das wäre ein Putzraum. So mit Eimer und Besen und so", sagte ich.
„Nein, das Putzzeugs ist alles oben. Aber fällt euch was auf?", fragte uns Oliver.

Bettina und ich sahen uns um.
„Riecht mal!“, forderte uns Oliver auf. „Riecht das nicht irgendwie komisch?“
„Parfum!“, stellte ich fest und hielt meine Nase in Olivers Richtung.
„Hey!“, protestierte er „Was soll das? Ich bin das nicht!“
Bettina schnüffelte wie ein Hund den Raum ab. „Soll ich euch mal was sagen? Der Geruch kommt mir bekannt vor.“
„Das habe ich eben auch gedacht!“, sagte nun Oliver. „Ich habe den Duft auch schon mal gerochen.“
„Vielleicht ist das so ein billiger Diesel aus dem Drogeriemarkt“, versuchte ich die plötzliche Bekanntheit zu erklären. Aber Bettina teilte uns ganz erfahren mit, dass dies ein seltener und ungewöhnlich schwerer Duft sei. „Ich bin sicher, da kostet die Flasche ein bisschen was.“
Wir gingen wieder nach oben und setzten uns an einen Tisch. Während wir überlegten, wer in dem Keller gewesen sein könnte, sah ich Bettina deutlich an, dass sie überlegte, woher sie den Geruch im Keller kannte. Plötzlich hatte sie es. „Den habe ich auf der Tanzmeisterschaft in Heidelberg gerochen.“
„Deswegen riecht er vielleicht so teuer“, lästerte ich amüsiert.
„Rodenbach!“, sagte Oliver plötzlich.
„Genau!“, bestätigte nun auch Bettina. „Bei ihm habe ich das gerochen. Zweimal sogar. Dann waren wir doch nicht umsonst bei dieser komischen Tanzerei.“
„Aber was sollte Rodenbach denn hier wollen?“, fragte ich.

Oliver vermutete, dass er vielleicht noch Sachen im Keller hatte, die er holen wollte. Allerdings gab Bettina zu bedenken, dass er dafür doch nicht einfach so eindringen müsste. Wenn er etwas wollte, könnte er doch einfach fragen.
„Kommt, wir gehen noch mal runter!“, schlug ich vor, und wieder machten wir uns auf den Weg in den Keller.
Ich ging auf die Stahltür zu und öffnete sie. Überrascht stellten wir fest, dass sich dahinter Regale mit Weinflaschen befanden. Für eine Winzerei nicht unüblich, aber die Flaschen waren teilweise etikettiert, und einige lagen völlig unbeschriftet in den Regalen. Ich nahm eine der etikettierten Flaschen und gab sie Oliver. „Ich glaube, das hier wollte Rodenbach. Frag mich nicht, warum, aber der wollte hier Wein klauen.“
„Ich kenne diese Weine gar nicht“, sagte er und studierte das Etikett genauer. „Hm ...“, sagte er plötzlich verwundert, „Da steht an der Seite klein ‚Kellerei Gimpel‘, so bezeichnen wir uns gar nicht.“
Auf einmal hatte ich einen Verdacht. Ich suchte den Raum ab, konnte aber nichts weiter Ungewöhnliches finden.
„Ihr lasst doch eure Weine irgendwo abfüllen, oder?“, fragte ich ihn.
„In einer Abfüllanlage in Dackenheim. Warum?“
„Da liefert ihr hin und bekommt die Flaschen dann fertig wieder. Richtig?“
„Genau so!“, bestätigte Oliver.
„Habt ihr im Büro Etiketten?“, wollte ich nun wissen, und

auch Bettina verstand auf einmal, worauf ich hinauswollte.
„Lasst uns ins Büro gehen und mal nachsehen“, schlug ich vor, nahm eine der etikettierten Flaschen und ging mit den anderen wieder nach oben. Im Büro angekommen, suchten wir in den Schränken, ob wir irgendwelche Etiketten finden konnten.
„Hier habe ich was!“, sagte Oliver plötzlich und holte eine Pappkiste, ähnlich einem Schuhkarton, hervor. Ich öffnete die kleine Kiste und fand eine ganze Reihe von Etiketten. Die oberen waren alle von den bekannten Gimpel-Weinen, doch darunter lagen circa vierzig von denen, die wir unten auf den Flaschen gefunden hatten.
„Was hat das zu bedeuten?“, fragte Oliver und fuhr sich durch seine wirren Haare.
„Dass dein Vater scheinbar gefälschten Wein verkauft hat“, erklärte ihm Bettina meine Gedankengänge.
„Und so wie es aussieht, sind Koll und Rodenbach bei dem Komplott beteiligt gewesen. Darum war er heute hier und wollte die Flaschen holen. Entweder, damit sie die Flaschen weiterhin verkaufen konnten, oder aber, er wollte sie vernichten, damit sie nicht nachträglich noch auffliegen“, führte ich weiter aus.
„Und du hast ihn wahrscheinlich gerade zur rechten Zeit dabei gestört“, ergänzte Bettina.
„Puh!“, entfuhr es Oliver. „Das ist heftig.“
„Und wisst ihr, was ich langsam vermute? Dass ich an der

Sache indirekt auch beteiligt war“, sagte ich entsetzt.
„Du???“, Oliver setzte sich langsam auf einen Stuhl. „Das glaube ich nicht!“
Wieder war es Bettina, die ihm meinen Gedankengang erklärte: „Bei den Weinproben haben Boris und unser Christoph die gut betuchten Gäste animiert, Weine zu kaufen, und dein Vater hat ihnen dann billigen Wein für viel Geld verkauft!“
„Vermutlich als Sammlerobjekt oder vielleicht als Kapitalanlage“, ergänzte ich wieder.
„Mannomann“, sagte Oliver. „Das sind ja Neuigkeiten! Und jetzt?“
„Jetzt machen wir mal eine Flasche auf.“
Wir gingen zurück in die Vinothek, und ich nahm einen Korkenzieher und öffnete die Flasche, die ich mitgenommen hatte.
„Hey!“, protestierte Oliver irritiert. „Was machst du denn da? Das Zeug ist vielleicht Tausende wert.“
„Jetzt nicht mehr!“, erinnerte ich ihn.
Oliver schlug sich gegen die Stirn. „Sorry. Ich kann noch immer nicht glauben, dass mein Vater so etwas gemacht haben soll.“
Bettina hatte Gläser von der Theke geholt, und ich schenkte uns ein. „Jetzt bin ich mal gespannt, was das für ein Goldwasser ist.“
Wir nahmen alle einen Schluck und verzogen das Gesicht.

„Bah!", schüttelte sich Oliver. „Vorne Wein und hinten Wasser!" Auch ich schüttelte mich und sah das Glas an. „Das darf doch nicht wahr sein: Portugieser!"

10. Die Verschwörung im Weinkeller

„Jetzt hast du doch noch deinen Krimi bekommen!“, sagte Oliver, als wir an dem Abend auf die Polizei gewartet hatten. Wir hatten uns stolz und gut gefühlt, allerdings brachten meine Lieblingskommissare Hennweiler und Monzinger die nötige Ernüchterung. Beide erklärten uns nämlich, dass sie nicht viel tun könnten, da wir nur einen Geruch und eine Vermutung hatten.

Zwar notierten sie sich alles eifrig, aber machten uns keine Hoffnung, dass anhand dieser Indizien ein Täter überführt werden könnte.

„Können Sie nicht einfach zu Rodenbach fahren und in seinem Badezimmer sein ganzes Parfüm beschlagnahmen? Dann riechen Sie es doch!“, versuchte Bettina, die beiden Beamten zu motivieren.

„Vermutlich noch mit dem Maschinengewehr im Anschlag!“, spottete Monzinger.

„Wir wollen nicht immer die Buh-Männer sein“, erklärte Hennweiler.

„Wenn Sie als Polizisten nicht immer die Buh-Männer sein wollen, sollten Sie sich einen OnlyFans-Account einrichten“, schlug ich ihnen ironisch vor.

„Sie!!!“, drohte mir Hennweiler mit erhobenem Zeigefinger. „Keine Beamtenbeleidigung, bitte!“

„Es gibt keine Beamtenbeleidigung. Beleidigung ist Beleidigung. Egal an wen gerichtet“, teilte ich ihm mit. „Sehen Sie, selbst das muss man Ihnen erklären!“
Aus Angst, die Situation könnte eskalieren, hatte Bettina die Beamten gebeten, doch einmal zu überlegen, wie man Rodenbach und Koll überführen könnte. Sie versprachen es lapidar und verließen wieder das Weingut. Auch Bettina und ich fuhren nach Hause.

Drei Tage war die Sache nun her, und ich traf mich mit David zum Billardspielen. „Die Sache steckt ziemlich fest, mit den falschen Weinen, oder?“, fragte mich David, als er zum zweiten Mal an dem Abend die schwarze Kugel versenkte und somit wieder gewonnen hatte.
„Bettina hat heute mit Oliver in der Buchführung im Computer gewühlt. Dabei hat sie ein Unterkonto gefunden, auf dem immer wieder hohe Beträge eingegangen sind, die dann in selber Höhe auf das Konto der ‚RIMIKO Value‘ gezahlt wurden“, erklärte ich.
„Nach der Firma hattest du mich doch mal gefragt. Das war doch die Firma von Koll, die es offiziell gar nicht gab!“, erinnerte sich David.
„Genau! Darauf gingen wohl die Gelder aus den Verkäufen. Bettina hat alle Unterlagen ausgedruckt und ist zur Polizei gegangen.“
„Wieso eigentlich im Computer? Ich dachte, der wäre

passwortgeschützt."
„Das rätst du nie!", lachte ich. „Meine Bettina hat an dem Rechner gesessen und auf Oliver gewartet, der Kaffee und Leberwurstbrote holen wollte. Dann hat das verrückte Huhn verträumt ‚Oliver' in die Tastatur getippt. Und siehe da, sie war drin."
„Wohl eher verliebt", lachte nun auch David und legte das Billarddreieck für die Kugeln wieder auf den Tisch. „Mit den ausgedruckten Unterlagen wäre vielleicht Koll zu überführen. Jetzt müssen sie nur noch Rodenbach bekommen. Vielleicht reißt ihn Koll mit rein. Dann kann er nicht leugnen."
Wir spielten noch eine Partie und fuhren dann nach Hause. Auf dem Rückweg rief ich bei Bettina an, um zu hören, was die Polizei gesagt hätte.
„Sie haben alles an sich genommen und wollen direkt an die Sache rangehen. Für Koll wird es jetzt auf jeden Fall eng. Wann kommst du morgen ins Büro?", fragte sie.
„Warum?" Ich war misstrauisch.
„Weil ich morgen die Schränke putzen will!"
„Ich muss um zehn Uhr im Büro sein. Ich muss einen Veranstalter anrufen."
„Na gut!", sagte sie schließlich, „Wenn es sich nicht vermeiden lässt!"
Sie vertrieb mir während der Fahrt noch ein wenig die Zeit, bis ich zu Hause angekommen war.

Am nächsten Tag war Bettina bereits im Büro und hatte alle Akten aus den Schränken geräumt. Ich nahm mir einen Kaffee und führte mein geplantes Telefonat.
Als ich fertig war, legte ich auf und beobachtete meine Assistentin.
„Warum muss das heute eigentlich sein?“, fragte ich sie.
„Weil ich da Lust zu habe. Nach dem Erfolg von gestern muss ich jetzt einfach hier sauber machen.“
Offen gesagt, glaubte ich meiner Assistentin kein Wort. Sie hatte sich in der letzten Zeit verändert und ich konnte die Veränderung nur schwer einschätzen. Manchmal war sie super nett, dann wieder kratzbürstig und angriffslustig. David meinte mal, das läge vielleicht an den Hormonen, aber ich dachte, dass es möglicherweise an einem ganz bestimmten „Hormon“ liegen könnte.
„Du putzt also jetzt nur, wegen des Erfolges?“, fragte ich sie noch einmal..
„Natürlich!“, sagte sie blitzartig, aber irgendwie wenig überzeugend.
„Was ist eigentlich mit dir und Oliver?“, tastete ich mich vorsichtig ran.
„Was soll mit mir und ihm sein?“ Sie sah mich fragend an.
„Ach komm! Ich bin doch nicht blöd! Ich weiß doch, dass da irgendwas ist.“
„Da ist gar nichts!“, versicherte sie mir. „Ich finde ihn sehr nett. Mehr aber auch nicht.“

Sie stellte den Eimer, den sie mit Wasser und Putzmittel vorbereitet hatte, rhythmisch auf den Tisch. „Hach! Ich weiß es einfach nicht!“, sagte sie dann fast schon genervt.
„Warum stresst du dich denn so? Go with the flow!“, riet ich ihr. „Mein Onkel Miloš sagt immer: Wenn du im Leben nicht mehr weiter weißt, dann mach was anderes!“
Wir sahen uns an und lachten. Ich griff in mein Portemonnaie und gab ihr das Glanzbild, das ich in der Unterschriftenmappe gefunden hatte. „Siehst du!“, sagte ich. „Da steht es: Verschiebe deine Sorgen, einfach mal auf morgen.“
Bettina riss mir fast das Bild aus der Hand: „Wo hast du das her?“, fragte sie hektisch. „Das habe ich wie verrückt gesucht.“
„Es war in der Unterschriftenmappe“, erklärte ich.
Sie steckte das Bild in ihre Tasche und ignorierte meine fragenden Blicke.
„Was ist?“, fragte sie in ihrer leicht provokativen Art. „Es gibt Dinge da soll keiner nach fragen und für die soll sich auch keiner interessieren.“
Ich zuckte mit den Schultern und dachte kurz über diese Bemerkung nach. Wie ein Blitz schoss mir plötzlich ein Gedanke durch den Kopf.
„Wie gerne machst du Toiletten sauber?“, fragte ich meine Assistentin, die sich gerade ihre rosa Putzhandschuhe anzog.
„Toiletten???“, rief sie empört. „Du brauchst mich erst gar nicht zu fragen. Die mache ich hier nicht sauber.“
„Ein einfaches ‚gar nicht!‘ hätte auch gereicht“, grinste ich.

„Warum? Was ist denn? Ist die Hartmann krank? Niemand macht gerne Toiletten sauber."

„Und Frau Hartmann, als unsere Putzfrau, auch nicht? Obwohl sie dafür bezahlt wird?", fragte ich noch einmal.

„Niemand!", garantierte mir Bettina, und auf einmal war ich sicher. Ich nahm meine Jacke und meinen Autoschlüssel und sauste los auf den Parkplatz. Schnell fuhr ich nach Edesheim in die Vinothek. Beim Reingehen rannte ich den armen Oliver fast um. „Hey! Hey!", rief er erschrocken. „Was hast du denn vor?"

„Komm mit!", sagte ich nur und zog ihn in Richtung Weinkeller.

„Ich möchte da nicht wieder runter!", wehrte er sich.

„Los! Komm! Ich muss dir was zeigen!"

Wir stiegen die steile Treppe hinab, und ich ging schnurstracks zum Ende des Kellers.

„Was ist denn los?", fragte Oliver, von mir völlig überrumpelt.

„Was ist das für eine Liste?", befragte ich ihn, zu dem Zettel, der in dem Klemmrahmen an der Wand hing.

„Das siehst du doch. Eine Liste mit Datum und Unterschrift, wann die Toiletten gereinigt wurden!", erklärte er.

„Was fällt dir auf?", fragte ich ihn eindringlich.

„Dass scheinbar hier lange keiner mehr geputzt hat!"

„Das vielleicht auch", gab ich zu. „Aber ich meine etwas anderes."

Oliver musterte den Zettel und zuckte mit den Schultern.

Ich half ihm auf die Sprünge: „Die paar Daten, die eingetragen sind, scheinen alle zur gleichen Zeit und von der gleichen Person eingetragen worden zu sein. Die Art zu Schreiben, die Strichstärke, die saubere Handschrift, das ist alles genau gleich“, erklärte ich ihm.
„Und?“, Oliver verstand nicht.
„Warum sollte hier überhaupt so eine Liste geführt werden? Das ist doch nicht das Rathaus oder der McDonald’s.“
„Du meinst ...“, zögerte Oliver. „... das hängt hier nur zur Tarnung?“ Mit diesen Worten ergriff er den Rahmen und versuchte, ihn mit Gewalt abzureißen.
„Das kannst du dir sparen. Der Rahmen ist es nicht!“
„Sondern?“ Oliver war gespannt.
„Das hier ist es!“ Ich zog den Kugelschreiber aus der Fuge in der Wand und zeigte auf die Rückseite. „Dein Vater hat diesen Zettel hier hingehängt, weil sich niemand fürs Kloputzen interessiert. Und demnach auch nicht für den Kugelschreiber in der Wand, den er geschickt in einer Fuge versenkt hat.“
„Warum sollte er das tun?“, fragte Oliver verwirrt.
„Weil das kein gewöhnlicher Kugelschreiber ist. Da ist eine Kamera eingebaut, die genau den Saal und die Treppe filmt.“
Ich öffnete ein kleines Fach und holte eine Micro-SD-Karte heraus. Triumphierend hielt ich sie hoch. „Hierauf werden wir sehen, was am Tattag auf der Treppe passiert ist.“
Wir rannten nach oben ins Büro.
„Hast du irgendwo einen Cardreader?“, fragte ich Oliver, der

sofort alle Schubladen am Schreibtisch aufriss und suchte. In einer der untersten Schubladen, in der sich mehrere Kabel und anderes Computer-Equipment befand, entdeckten wir einen. Schnell startete ich den Computer, tippte „Oliver“ in das Passwortfeld, steckte die Karte in den Reader und das Kabel des Readers in den PC.

Das Starten des Betriebssystems kam mir wie eine Ewigkeit vor. Endlich sah ich den Desktop, und ich konnte den Ordner, der auf der SD-Karte war, öffnen. Viele Dateien waren darauf zu sehen, und so suchte ich in der Liste zielstrebig nach dem elften Oktober. Es waren mehrere Dateien von diesem Tag zu finden. Bevor ich die Erste öffnete, warnte ich Oliver, dass er möglicherweise Sachen sehen könnte, die vielleicht zu viel für ihn sein könnten. Ich sah, wie er zitterte, aber dennoch tapfer neben mir stehen blieb. „Nein! Jetzt will ich auch sehen, was passiert ist!“

Ich startete die erste Datei, und wir sahen den alten Gimpel die Treppe hinuntereilen, um an einem der Weinregale zwei Flaschen Wein zu holen. Eilig ging er wieder hoch. Auf dem zweiten Film sahen wir ihn wieder die Treppe hinunterlaufen. Dieses Mal schien er neben den Toiletten hinter der Stahltür zu verschwinden. Auch hier kam er mit einer Flasche Wein zurück.

Wir hielten den Atem an, und ich öffnete die nächste Aufzeichnung.

Oliver griff nervös nach meiner Schulter. Ich schaute ihn an

und nickte fragend. Er nickte stumm zurück.
Mit der Maus klickte ich doppelt auf die Datei, und der Film begann. Wir sahen Gimpel ein paar Schritte die Treppe hinuntergehen. Dann blieb er stehen. Er drehte den Kopf nach hinten und ging dann wieder eine Stufe weiter. Wieder drehte er den Kopf nach hinten. Aus dem Schatten des Lichtscheins der Tür sahen wir eine zweite Person. Gimpel und diese Person schienen aufgeregt. Möglicherweise waren sie im Streit. Gimpel gestikulierte wild und ging dann die Treppe weiter hinunter, als ein Fuß ihn in den Rücken traf. Gimpel stürzte und blieb regungslos am Boden liegen. Die Person schlich vorsichtig ein paar Stufen hinunter, schaute auf Gimpel, drehte sich um und lief die Treppe hinauf und ging.
Oliver starrte auf den Monitor.
„Alles okay mit dir?“, fragte ich ihn vorsichtig.
Er nickte. „Wer war das?“, fragte er leise.
„Ich habe eine Idee, bin aber nicht sicher. Der Film ist zu dunkel. Vielleicht kann ihn ein Experte bei der Polizei aufhellen, damit wir den Täter besser sehen können.“
Ich klickte noch auf die nächste Datei und sah, wie Oliver die Treppe hinunterkam und seinen Vater entdeckte. Sofort stoppte ich die Aufzeichnung, zog die Karte aus dem Reader und machte den Computer wieder aus.
„Komm, wir gehen einen Moment an die Luft!“, forderte ich Oliver auf.
Er trottete mir hinterher und setzte sich draußen im Hof auf

eine kalte Holzbank. Ich setzte mich neben ihn und legte einen Arm um seine Schulter. „Das war schlimm, oder?“, fragte ich vorsichtig.
„Nicht so schlimm, wie ich dachte“, sagte er tapfer. „Aber ich will wissen, wer das war. Von der Statur könnte es doch Rodenbach gewesen sein.“
„Das glaube ich nicht“, widersprach ich. „Das Alibi ist zu dicht.“
Wir schwiegen einen Moment, bis wir wieder die Frau mit ihrem Hund am Tor vorbeigehen sahen. Sie blieb plötzlich stehen und schaute uns mit ihren herunterhängenden Haaren und Mundwinkeln an. Ich stand auf und lief auf sie zu. Schnell ging sie weiter. „Hallo!“, rief ich. „Warten Sie doch!“ Frau Bretzenheim!? Hallo!!!“
Sie blieb stehen und schaute mich böse an.
„Warum sind Sie denn immer so böse? Wer hat Ihnen denn etwas getan?“
Sie sah mich einen Moment an und holte Luft. „Ihr Freund hat nach meinem Hund getreten!“
Dann drehte sie sich um und ging weiter.
„Das war bestimmt keine Absicht. Niemals!“, rief ich ihr hinterher. Mit schnellen Schritten stellte ich mich vor sie und hielt sie auf. „Können Sie mir helfen?“, fragte ich sie.
„Nein!“, antwortete sie.
„Es geht um einen Mord. Den Mord am alten Gimpel!“
„Wie soll ich da helfen?“, fragte sie spöttisch.

„Sie kommen doch oft hier vorbei. Sie werden sich doch noch an den Tag erinnern, als die Polizei hier alles abgesperrt hatte. Haben Sie da zuvor einen Wagen kommen oder fahren sehen?“
Sie stand da und schaute einfach starr geradeaus. So, als würde sie durch mich hindurchsehen. Ihre Mundwinkel hingen wie immer tief und leblos nach unten, genau wie ihr ungepflegtes Haar.
„DÜW-FB 43“, sagte sie dann zu meiner Überraschung.
„Sind Sie sicher?“, fragte ich vorsichtig.
Sie nickte.
„Wirklich? Erfinden Sie das jetzt nicht nur, weil Sie sich über Oliver Gimpel geärgert haben?“
„DÜW-FB 43“, sagte sie wieder. „FB sind meine Initialen. Franka Bretzenheim. Darum konnte ich mir die Autonummer merken.“
Ich umarmte die Frau, die nun nicht wusste, wie ihr geschah, und versprach ihr etwas Schönes für ihren Hund zu besorgen. Dann rannte ich zurück zu Oliver, der von weitem zugesehen hatte und mich nun fragend ansah.
„Ich weiß, wer es war. Die alte Bretzenheim hat das Nummernschild an dem Tag gesehen. DÜW-FB 43. Und ich weiß, wem es gehört.“
Ich schickte Oliver in die Vinothek, zog mein Handy aus der Tasche und rief die Polizei an. Ausführlich erklärte ich ihnen alles, was ich wusste, und sie versprachen, sich direkt auf

den Weg zu machen, um den Täter zu verhören. Dann rief ich David, Bettina und Frau Doktor an und bat sie dringend, raus zum Weingut zu kommen. Ich ging in die Vinothek, wo Oliver mich bereits gespannt erwartete. „Hältst du es noch ein bisschen aus?“, fragte ich ihn.
„Wenn es sein muss!? Dann auf jeden Fall!“

Wir saßen zusammen und warteten, bis die anderen eintrafen. Bettinas Wagen kam als Erstes mit quietschenden Reifen auf dem Parkplatz an. Schnell kam sie in die Vinothek gelaufen. Fast atemlos fragte sie: „Bin ich zu spät?“
Oliver und ich schauten uns zuzwinkernd an. Wir hatten gewettet, dass sie als Erstes ankommen würde. Ihr Fahrstil war mittlerweile bekannt genug. Direkt nach ihr kamen David und dann die Anwältin. Wir setzten uns an einen großen Tisch, und ich legte mit meiner Erklärung direkt los, weil ich die Gruppe nicht unnötig warten lassen wollte. Zunächst berichtete ich von dem Kugelschreiber in der Wand und den darauf gespeicherten Filmen.
„Wie bist du denn auf die geniale Idee gekommen?“, fragte David anerkennend.
„Bettina hat mich darauf gebracht. Sie hat eine Abneigung gegen Toilettenputzen, hat sie mir erklärt!“, erklärte ich.
„Jeder, hab ich gesagt!“, protestierte sie.
Ich erzählte weiter, was wir auf den Filmen gesehen hatten und wie ich dann Frau Bretzenheim befragt hatte.

„DÜW-FB 43", wiederholte ich zunächst das Kennzeichen, das sie mir nannte. „Ich hatte euch ja erzählt, dass ich auf der Aufzeichnung mit der Treppe bereits eine Vermutung hatte. Aber jetzt bin ich sicher. Der mögliche Täter hat das gleiche Kennzeichen."

„DÜW-FB?", wiederholte Bettina. „Sind das Initialen? Ich kenne gar keinen mit diesen Initialen."

„Ich auch nicht", stellte auch Oliver fest.

„Und ob!", widersprach ich ihm. „Die alte Bretzenheim. Sie heißt Franka mit Vornamen. Franka Bretzenheim. FB."

Oliver musste grinsen. „Dann hat sie das Nummernschild an dem Kinderwagen, wo immer ihr Hund drin sitzt?"

Wir lachten, wurden dann aber wieder ernst.

„FB sind die Initialen eines Geschäftes, gell?", fragte Frau Doktor, die nun ebenfalls eine Ahnung hatte.

„Richtig!", bestätigte ich ihr. „FB steht für: ‚Fleisch-Boutique'. Leander war der Täter!"

Für einen Moment war es still am Tisch, und alle waren schockiert.

Bettina fand als Erste ihre Worte wieder: „Warum sollte er das getan haben?"

„Meine Vermutung ist folgende", begann ich. „Olivers Vater brauchte Geld. Viel Geld. Und wusste nicht, wie er welches beschaffen konnte."

„Wofür könnte dein Vater Geld gebraucht haben?", fragte David Oliver.

„Vielleicht für meine Tante. Er musste sie ja ausbezahlen. Und wir hatten ein schreckliches Erntejahr vor zwei Jahren. Das wäre ein Grund. Denn wenn er nicht gezahlt hätte, hätte sie ihn gezwungen zu verkaufen", erklärte er uns.

Allen leuchtete die Erklärung ein, und ich führte meine Vermutungen fort: „Ich denke, dass Koll auf die Idee gekommen ist, billigen Portugieser luxuriös zu labeln und dann an besondere Kunden zu verkaufen. Rodenbach sollte ihnen dabei helfen. Dann haben sie sich die Weinproben ausgedacht und alle haben kassiert. So entstand die Verschwörung im Weinkeller. Aus irgendeinem Grund wird Leander davon erfahren haben. Vielleicht hat er sie ertappt, erwischt oder hat selbst eine Flasche gekauft. Und anstatt sie auffliegen zu lassen, hat er Geld gewollt. Er schien ja welches zu brauchen. Möglicherweise wollte er am Tag, als er hier hinkam, mehr Geld haben, und weil er keines bekommen sollte, hat er vor Wut deinen Vater in den Rücken getreten. Dass er unglücklich fällt, war vermutlich nicht mal seine Absicht."

„Wow!", sagte Oliver mal wieder sichtlich beeindruckt.

„Jetzt muss nur noch bewiesen werden, dass Rodenbach hier war, um die Flaschen zu klauen", warf Bettina ein.

„Da wird es sicher auch eine Aufnahme auf der Kugelschreiber-Kamera geben."

Nach einer kurzen Pause redeten wir alle durcheinander.

„Aber ein Problem bleibt mir jetzt noch!", sagte plötzlich die Anwältin.

„Ach je“, entfuhr es Bettina, „das haben wir ja ganz vergessen. Sie und Leander. Das tut mir so leid, dass aus ihnen nichts geworden ist.“
„Aus mir und Leander? Um Gottes willen! Nein! Wie ich schon mal gesagt habe, da hatte ich nie Interesse dran“, die Anwältin war sichtlich erschrocken.
„Gerüchte wollten Sie ja auch schon mit Justus aus der ‚Kanne‘ verkuppeln“, erklärte ich ihr grinsend.
„Also, jetzt hört sich ja alles auf! Mit wem denn noch alles?“, lachte sie gespielt empört. „Aber mal im Ernst, wie kommen Sie denn dadrauf?“
„Ihr Besuch bei ihm neulich. Wir hatten Sie da doch gesehen“, erinnerte ich sie.
„Da ging es um etwas ganz anderes“, erklärte sie, „Ich wollte mir ihn und seine Kollegen als Kellner für meine Eröffnung ausleihen. Und weil ich nicht wusste, wie sein Chef darauf reagiert, habe ich ihn gebeten, über mein Angebot zu schwiegen.“
„Und jetzt bleiben Sie dann doch alleine?“ Bettina tat sisterlike.
„Ich habe vor kurzem einen alten Bekannten wiedergetroffen. Da scheint sich was Festes zu entwickeln. Also darum: Keine Sorgen um mich.“
„Dann drücken wir dazu die Daumen!“, freute sich Bettina.
„Was ist denn dann Ihr Problem?“, fragte David.
„Was mache ich mit dem Catering auf meiner Einweihungsfeier?“

„Da wissen wir Rat", rief Oliver von hinter der Theke. „Bettina ist ein Ass im Dekorieren von Chips, Nüssen und Salzstangen."
„Und Oliver im Schmieren von Leberwurstbroten!", ergänzte Bettina.
„Hm, warum nicht?", überlegte die Anwältin. „Was meinen Sie, Mister Boris? Ein Pfälzer Büfett?"
Oliver kam mit einem Tablett mit Gläsern hinter der Theke hervor. „Aber nur mit Schorle aus der Winzerei Gimpel!"
Jeder nahm sich ein Glas. Meins rutschte mir dabei aus der Hand und krachte auf den Boden. Erschrocken sah ich mich um. Alles war nass.
„Keine Panik!", tröstete mich Oliver. „Scherben bringen Glück!"

11. Nach dem Traum

Als ich meine Augen öffnete und zurück in der Welt war, hörte ich, wie der Regen laut gegen mein Fenster prasselte. Ich drehte mich um und merkte, dass mein Pyjama völlig durchnässt war. Mit einer Hand suchte ich das Bett ab, ob ich möglicherweise ein Glas Wasser im Schlaf verschüttet hätte. Aber tatsächlich hatte ich wieder einmal nur zu viel geträumt. Ich streckte mich und stand langsam auf. Aus meinem Kleiderschrank nahm ich ein paar Sachen und ging ins Bad. Eine frische Dusche würde mir guttun.

Im Anschluss nahm ich mir aus der Küche eine Banane und fuhr nach Deidesheim ins Theater. Ich hoffte, dass Bett Ina guter Laune war und mir einen schönen Kaffee kochen würde. Aber im Büro war sie leider nicht. Im Gegenteil: als ich in mein Büro kam, traf ich auf Clemens und Kai-Jakob. Sie diskutierten gerade über den literarischen Gehalt von Büttenreden in der Fastnacht. Als sie mich bemerkten, sahen sie mich merkwürdig an.

„Boris!?", sprach mich Kai-Jakob als erster an. „Darf ich dir mal einen Tipp geben? Pfft ist gut. Pfft, pfft, pfft, pfft ist zu viel!"

„Stinke ich?", fragte ich erschrocken und versuchte unter meinen Armen zu reichen.

„Wie ein Herrenbordell!", bemerkte Clemens spitz. Wobei ich

keine Ahnung hatte, woher er diese Gerüche kennen könnte.
„Vielen Dank!“, bedankte ich mich kurz. „Wartet ihr auf mich?“
„Ja. Weil ich wollte mich mit Winzer Nüssler in Haßloch treffen“, erklärte Clemens.
„Aha!“, antwortete ich desinteressiert.
„Ich hatte ja gestern gebeten, dass man mich dringend zurück ruft. Aber das ist dir ja wahrscheinlich mal wieder nicht ausgerichtet worden“, sagte er mit einer Spitze gegen Bett Ina.
„Aha!“, sagte ich noch einmal.
„Wir wollten uns treffen, damit ich mich mit ihm über Auftritte von mir unterhalten kann“, erklärte er.
„Aha!“, sagte ich wieder.
„Aber leider konnte die Zusammenkunft nicht stattfinden.“
„Kennst du dich mit Foxtrott aus?“, unterbrach ich seine Ausführungen.
„Foxtrott?“, wiederholte er fast angewidert. „Um Gottes Willen! So ein Proleten-Gehopse! Höchstens Walzer! Aber doch keinen Foxtrott! Warum?“
„Nur so“, antwortete ich. „Was ist denn jetzt mit deiner Zusammenkunft?“
„Sie findet nicht statt! Er wollte mir den Weinkeller zeigen, aber der ist gesperrt.“
Ich sah Clemens mit großen Augen an. Schweiß bildete sich auf meiner Stirn.
„Was ist denn?“, hörte ich Clemens mich fragen. „Geht es dir nicht gut?“

„Ist irgendwas passiert? Lebt Nüssler noch?"
„Aber natürlich!", antwortete Clemens. „Warum denn nicht? Sie haben einen Wasserschaden, der Keller steht unter Wasser. Deine nächste Weinprobe wird übrigens oben in der Vinothek stattfinden müssen."
Erleichtert atmete ich aus. „Gott! Sei! Dank!", sagte ich leise vor mich hin. „Gott! Sei! Dank!"
„Was ist denn mit ihm?", fragte Clemens in Kai-Jakobs Richtung, der sich das Szenario amüsiert angesehen hatte.
„Nichts! So ist er eben ...", erklärte der und fügte an: „... immer wenn er Krimis träumt!"

Der Autor

Boris Stijelja, Jahrgang 1982, in Mannheim geboren.
Kurz darauf wanderten seine Eltern zurück nach Kroatien, um dem Kind eine beschauliche Kindheit bieten zu können. Er ist halb Kroate, halb Serbe. Und zu einem großen Teil mittlerweile auch Pfälzer. Nach dem Abitur begann er ein Schauspielstudium mit dem Schwerpunkt Theaterwissenschaften in Zagreb und Belgrad (Serbien). Zurück in der Pfalz startete er nach zahlreichen Theaterrollen eine Karriere als Comedian.
2010 Übernahm er als Leiter das Boulevardtheater Deidesheim.

Bücher im Milltown Media Verlag:

- Das Blut am Dubbeglas
  ... wenn der Kroate-Bu ermittelt
  ISBN 978 -3-910901-02-5 / April 2024

- Cevapcici mit Winzerdip
  Rezepte meiner beiden Heimatküchen
  ISBN 978-3-910901-10-0 / Juli 2023

Aktuelles Solo-Programme:

- Die Ćevapčići-Therapie ... für Liebe, Leib und Leben